徳間文庫

南アルプス山岳救助隊K-9

紅い垂壁

樋口明雄

徳間書店

目次

主な登場人物

山梨県警南アルプス署地域課山岳救助隊

星野夏実　山岳救助隊員。ボーダー・コリー、メイのハンドラー。巡査部長
神崎静奈　山岳救助隊員。ジャーマン・シェパード、バロンのハンドラー。巡査部長
進藤諒大　山岳救助隊員。川上犬、リキのハンドラー。チームリーダー。巡査部長
深町敬仁　山岳救助隊員。巡査部長
関真輝雄　山岳救助隊員。巡査長
横森一平　山岳救助隊員。巡査
曾我野誠　山岳救助隊員。巡査
桐原健也　新人候補生。南アルプス署交通課所属
杉坂知幸　山岳救助隊副隊長。巡査部長
江草恭男　山岳救助隊隊長。警部補

納富慎介　山梨県警航空隊隊長。救助ヘリ〈はやて〉機長
飯室　滋　山梨県警航空隊整備士
依田道隆　山梨県警航空隊隊員。新人

ニック・ハロウェイ　白根御池小屋スタッフ。カンザス州出身。ヨセミテで山岳ガイドの経験あり。関西弁を話す

栗原幹哉　北岳山荘の古参スタッフ

川越伸彦　東亜油脂社員
田村柾行　東亜油脂社員。川越の同僚
松谷比奈子　川越の婚約者。川越、田村と同じ東亜油脂勤務
田村透子　柾行の妹
真山道夫　元東亜油脂社員。川越、田村、比奈子と同期入社。リストラで退社

山中　惣　八歳。両親が離婚し、母親、新崎と一緒に北岳に登山
山中史香　惣の母親
西村和敏　惣の父親
新崎浩治　史香の連れ合い

大柴哲孝　警視庁阿佐ヶ谷署刑事課
真鍋裕之　警視庁阿佐ヶ谷署刑事課。大柴の同僚

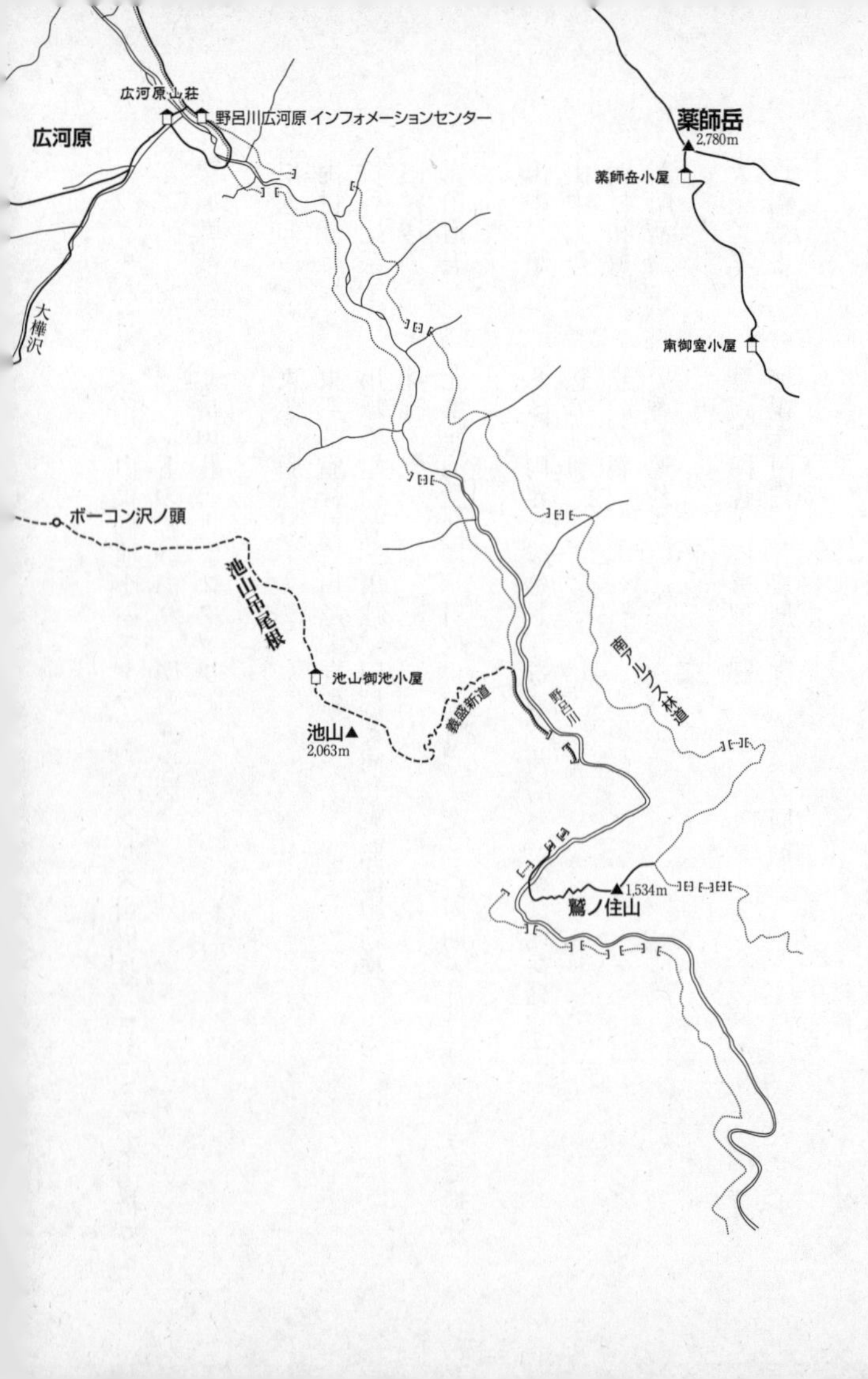

広河原山荘
野呂川広河原 インフォメーションセンター
広河原
薬師岳
2,780m
薬師岳小屋
大樺沢
南御室小屋
ボーコン沢ノ頭
池山吊尾根
池山御池小屋
池山
2,063m
義盛新道
野呂川
南アルプス林道
1,534m
鷲ノ住山

小太郎山
2,725m
小太郎尾根
2,230m
白根御池小屋
小太郎
尾根分岐
草すべり
白根御池
北岳肩の小屋
3,000m
バットレス
中白根沢ノ頭
2,841m
二俣
両俣小屋
北岳
3,193m
横川岳
2,478m
左俣沢
八本歯ノ頭
八本歯のコル
北岳山荘
中白峰
3,055m
間ノ岳
3,189m
三峰岳
2,999m
農鳥小屋
西農鳥岳
3,051m
農鳥岳
3,025m

序章

岩が冷たく濡れていた。

両手で岩角にしがみつき、疲労で鉛が詰まったように重たくなった体を歯を食いしばって持ち上げた。すぐ眼前、頑丈そうな残置ボルトが岩に打ち込まれていたので、そこにカラビナを掛け、さらに補強のため、もう一カ所にハーケンを打ち込み、アンカー（支点）を構築した。自分のハーネスとカラビナで繫ぎ、川越伸彦はホッとする。

七月初旬とはいえ、山の空気はひんやりと冷たい。

周囲は一面のガス（山霧）である。灰色の闇に包まれたようで、視界がほとんどない。高度感による恐怖が薄らいでいるのはいいとして、伸彦が伝って登ってきた岩全体がしっとりと濡れていてフリクション（摩擦）が利かず、靴底が滑りやすい。おかげでずっと緊張しっぱなしの登攀だった。

脇の下から視線を落とすと、遥か下方に相棒――田村柾行のヘルメットと登山服が、ガスに絡み取られるように小さく見えている。

そこに向かって垂壁を這い伝う赤と青のザイルが二本。

「ビレイ解除、オッケー」

声をかけると、下にいる柾行が片手を挙げた。青いヘルメットに赤いクライミングジャケット。それまでフォロアーとして下からザイルをたぐり出していた彼は、ビレイ（確保）を解除し、今度は伸彦のいる足場に向かってクライミングを始める。

このようにリードとフォローを交互に繰り返しながら登る方法は、マルチピッチクライミングと呼ばれ、一般的な岩登りの手段である。

ふたりは会社の同僚だった。お互いに山好きということで意気投合した。

登山歴三年の伸彦に比べ、さらに二年以上前からやっている柾行は慣れたものだ。動きに無駄がなく、まるでスパイダーマンみたいにさっさと岩壁を伝って登ってくる。

伸彦は感心しながら見下ろしている。

岩のクラック（割れ目）や突起をつかみ、足をかけ、柾行はあっという間に岩壁を登って伸彦の立つ狭い段差に並んで立った。

「やっぱ、すげぇな。お前」

声をかけると、柾行は恥ずかしげに肩を持ち上げ、笑う。

「さすがにここは緊張するよ」

ふたりが登攀しているのは谷川岳。それも一ノ倉沢の衝立岩中央稜。これまで八百人以上の死者を出し、世界一の魔の山と呼ばれた谷川岳でも屈指の難関ルートである。山でバディを組むようになり、いつかは登ろうと話し合っていた岩壁だった。たしかに危険だが、それだけスリルが味わえるし、達成感もあるだろう。

仕事の休日が重なった日を選んだ。この山の岩登りは、遭難防止条例に基づいて入山の十日前までに届け出ることが義務づけられているが、その手続きも完了していた。土合駅の地下ホームで列車を降り、空洞のようなひたすら長い階段をたどって地上に出て林道をたどると、やがてマチガ沢出合から見える谷川岳一ノ倉沢の威容に圧倒される。

アプローチルートを終点まで登り、尾根の取り付きから登攀を開始した。

伸彦が最初、リードに立って最初のピッチ（クライミングのひと区切り）を登り終え、次に柾行に交代してふたつ目のピッチを切った。三ピッチ、四ピッチ、五ピッチと順調に登り続けたところだった。

続く六ピッチ目はルートの核心部にして、最大の難所となる。巨大なフェース——すなわち凹凸や割れ目が少なく、屹り立った垂壁である。岩壁は逆層となり、取り付きや足場が少ない。そのため、やや左にルートを変えて登る必要がありそうだ。

「ガスが切れてきた」

ヘルメットを脱いで汗を拭く柾行にいわれ、気づいた。周囲を覆っていた白い霧が風に流れ、景色が見え始めている。遥か向こうにある反対側の山——朝日岳や笠ヶ岳などが雲をまとってそびえる姿がガスの合間に出現していた。思わず伸彦は見とれた。

まさに絶景。しかし同時に、足下に切れ落ちた垂壁の遥か下方にある大地が見下ろせる。万年雪となって残る雪渓が、圧倒的な高度感をともなって視界に食い込んでくるようだ。

とたんに股間が涼しくなった。

伸彦は緊張を顔に出さないようにしながら、岩壁に構築したプロテクション（中間支点）の強度をチェックする。次は柾行がリーダーになる番だ。

あらためて伸彦は周囲を見た。

「さすがに魔の山だ。凄い迫力だな」

「落ちたら比奈子さんが泣くぞ」

ヘルメットをかぶり直しながら、柾行が意地悪く笑う。

「お前こそ、抜かるなよ。このヤバい岩をさっさとクリアして、生きて戻ろうぜ」

松谷比奈子は仲彦の婚約者である。仲彦と同じ都内の企業に勤める女性で、来月、結婚する予定だ。これは仲彦にとって独身最後のクライミングとなる。嫁をもらったら、自分だけの人生ではなくなる。命がけの登山なんかできなくなるだろう。だからこのルートをあえて選んだのだ。

柾行が登り始めた。

さっきと同じ調子で、あちこちのホールドを掴み、足場を踏みながら、トントン拍子に登っていく。腰に付けたハーネスにかけた、たくさんのクイックドローやカラビナがぶつかり合って澄んだ金属音を立て、垂れ下がったザイルがリズミカルに揺れている。

それを見上げながら、仲彦は足下でトグロを巻いているザイルを、ゆるまず、張らずという絶妙なテンションで送り出してゆく。

柾行の姿がどんどん小さくなっていった。途中で三カ所、リス（岩場の細い割れ目）にカムディバイスを噛ませ、プロテクションを構築、そこにザイルを通しながら、さらに登っていく。

その姿が岩壁の向こうに見えなくなった。

登攀器具同士が当たる音だけが聞こえ、ザイルは順調に震えながら引っ張られていた。

伸彦はふうっと息を吐き、肩越しに振り向く。今一度、背後の絶景に目をやった。

ここに来て良かったと思った。自然と口元に笑みが浮かぶ。柾行もこれが人生のひと区切りとなるだろう。

そう思ったときだった。

上から、岩がぶつかるガツンという音が聞こえた。

あわてて頭上を見たとき、風切音とともにいくつかの岩塊が落ちてきた。伸彦はあわてて岩壁に体を密着させる。直後にそれらが背中をかすめるように、下界に向かって落ちていく。

ホッとしたのもつかの間。今度は短い悲鳴が聞こえた。驚いて振り仰(あお)ぐと、柾行が両手を左右に伸ばしたまま、背中から空中に投げ出されるのが見えた。

とっさに両足を踏ん張り、両手でザイルを強く保持した。ザイルが一直線に張り詰め、柾行の姿が弧を描くように頭上の垂壁に鈍い音を立ててぶつかり、バウンドした。

またパラパラと小さな岩塊が降ってきて、伸彦はザイルを保持しながら思わず肩をすくめ、目をつぶる。

静寂が戻り、ゆっくりと目を開いた。

自分の直上で柾行が岩壁にぶら下がっていた。腰のハーネスを支点にザイルに宙吊りにされている。それでようやく相棒がフォール（落下）したのだとわかった。

「柾行……」

乾いた喉（のど）からしゃがれ声が洩（も）れた。

――俺は、大丈夫だ。急に足場が崩れたんだ。

岩に打ち込んでいたハーケンのプロテクションに支えられるかたちで、柾行はかろうじてぶら下がっていた。

「壁に手、とどくか？」

――何とかやってみる。

いいながら柾行は片手を必死に伸ばしている。ようやく岩角に手が届いた。

伸彦がホッとしたのもつかの間だった。

ビシッと鋭い異音がした。

驚く間もなく、柾行の頭上のハーケンが抜けて飛んだ。

柾行がくぐもった声を放った。ふたたび彼の体が空中に投げ出された。ザイルに引っ張られて二カ所目のハーケンがあっけなく抜け、三カ所目も同様に、鋭い音とともに白煙を散らして飛んだ。

見上げていた伸彦の体に、柾行の背中がぶつかった。

バランスを崩して足場を失った伸彦が、柾行ともつれ合うように転落した。

視界がめまぐるしく回転し、ガスがかかった空と下界の大地、岩壁が恐ろしい勢いでグルグルと回って、虚無のような空間を落下する。

直後。ハーネスにつながったザイルが一直線に伸びきった瞬間、彼はバンジージャンプのように跳ね上がり、空中で体がクルクルと回転した。二度、三度と硬い岩壁に体が叩き(たた)つけられ、その都度、すさまじい激痛に襲われる。体じゅうの骨が粉々に砕けたような気がし、鼻の奥に独特のきな臭い匂いがするとともに、意識が深い闇に吸い込まれていった。

明らかに眠りではない、重苦しい意識の消失からフッと目が醒(さ)めた。

氷のように冷たい風が伸彦の顔をなぶっていた。

激痛。それも体じゅうが痛む。

仰向けになっていた。空中でだった。

一瞬、自分の状況が理解できず、伸彦は激しく混乱した。ザックを背負った登山スタイルで、腰に装着したハーネスに取り付けたザイルが真上に向かって一直線に伸びている。体が空間でゆっくりと回転しているらしく、崖と遠景が交互に入れ替わりながら水平に流れていた。

宙吊りになっていると気づいた。自分を支えているのはハーネスに取り付けたカラビナとエイト環という器具に通されたザイルだけだった。それで吊り下げられている。ザイルは直径九・八ミリ。ペツルというメーカーの新品だった。クライミングで使用するのはダイナミックロープといって、少し伸縮性があるため、フォールの衝撃を若干の伸びで吸収するようになっている。まったく伸びないスタティックというタイプだったら、背骨が折れていたかもしれない。

しかしハーネスが腰に食い込み、ひどく下半身を圧迫している。が、肩や足などの痛みはもっとひどい。顔をしかめて苦痛をこらえながら、腹筋を使い、ゆっくりと身を起こした。空中で椅子に座るような姿勢になって、ようやく下界に目が行った。自分のところから、さらに下にザイルが一直線に伸びて、その突端に人の姿が見下ろせた。

柾行だった。

仰向けになったまま、空中に手足を投げ出し、ゆっくりと揺れている。

柾行の遥か下方に大地の俯瞰(ふかん)が広がっていた。その目も眩(くら)むような高度感に幻惑されそうになる。

「柾行――！」

声をかけたが、意識がないのか返事がない。あるいは……。

伸彦はまた頭上を見る。リードを取っていた柾行が構築した三カ所のプロテクションがすべて外れ、今やふたりを支えているのは、伸彦が足場にしていた場所に打ち込んでいたアンカーだけだった。直上、二カ所に打ち込まれたハーケンにかけたカラビナから、V字にスリングが渡され、その中央にとったマスターポイントのカラビナから一本のザイルが垂れ下がってふたりを支えている。

アンカーのうち、左側は、古く、錆(さ)び付いた残置ハーケンだった。二カ所といっても、ひとつでも抜ければ、ふたりとも支えを失って真っ逆さまに落下することになる。ふたりぶんの体重を、それが支えられるかどうか――最悪の事態を想像して伸彦は全身、総毛立った。

また真下を見た。

柾行は相変わらずハーネスを支点に仰向けにぶら下がり、空中ブランコのように揺れている。

「おいッ！　目を覚ませ！」

ふたたび声を飛ばした。遥か下にぶら下がる柾行の体が動いた。目を開いたとたん、顔が激しく歪(ゆが)んだのがわかった。

「大丈夫か！」

ややあって、力ない声が聞こえた。

――大丈夫じゃねえ。背骨を、やられたらしい。手足がしびれて、感覚がない。

伸彦は打ちひしがれた。

落下したとき、岩壁にぶつけたか、あるいはザイルが張り詰めて急停止した衝撃のせいかもしれない。いずれにしても自力下山は不可能な状態だ。しかし救助を呼ぼうにも、スマートフォンは背負ったザックの中。ザイルで宙ぶらりんのまま、それを取り出すことはできない。

何とかザックのストラップを外せないかとあがいていると、突如、ザイルに小さな衝撃が伝わった。驚いて見上げると、アンカー――よりにもよって自分が打ち込んだハーケンが、ふたりぶんの体重に引っ張られてジワジワと抜け始めている。伸彦は思わずそれを凝視していた。

「柾行。ちと、ヤバいことになってる」

――どうした。

「アンカーが……」

言葉の途中だった。

パシンと音がして、ハーケンが抜け、飛んだ。

驚く間もなく、そこにスリングでかけていたザイルがするりと抜け、空中をのたうった。悲鳴を放つ余裕すらなかった。重力に引っ張られるまま、伸彦はふわっと落下し、次の瞬間、それが急激に止まった。

死を覚悟していた伸彦は、ゆっくりと視線を上げた。

自分の直上、数メートルのところ。ザイルの突端となったカラビナが、偶然にも岩の亀裂にはまり込んでいた。そのおかげでふたりとも落下が止まったのである。さもなければ数百メートル下の地上に叩きつけられていたはずだ。

伸彦は冷たい岩に顔を押しつけるようにして、必死にしがみついていた。わずかに視線を落とすと、ずいぶんと下のほうに柾行の姿が小さく見えた。相変わらず、空中ブランコのようにユラユラと揺れている。

また、頭上を見た。岩のクラックに挟まっているカラビナが、ギシギシと音を立てながら、細い亀裂を少しずつずり下がって動いているのが見えた。

「柾行……ダメだ。俺たち、落ちる」

声が震えていた。

あのカラビナがふたりぶんの体重をいつまでも支えてくれるはずがない。

ふたり――。

ふと、伸彦は気づき、真下にぶら下がる相棒の姿を見下ろしながら、登山ズボンのポケットに手を当てた。そこに硬い膨らみがある。

ザックを背負ったとき、入れ忘れたためにズボンのポケットに入れた、スイス・アーミーナイフだった。通常のモデルよりもひとまわり大きいタイプで、ブレードロックが付いている。去年の誕生日、柾行の愛用品を特にプレゼントとしてもらったものだ。だから、プラスチック製の赤いハンドルに《M・T》と彼のイニシャルが刻んであった。

ポケットのファスナーを開き、片手でそれを取り出した。指先で細長いブレードを引き出した。震える手でそれを凝視した。ダマスカス鋼独特の波状紋様である。それが緊張のせいか、ゆらりと揺らいで見えた。

他に方法はない。このままだとふたりとも死ぬ。

――仲彦。お前、まさか……。

ずっと下のほうから、しゃがれた声が聞こえてきた。

仲彦は右手に握ったアーミーナイフから目を離した。

頭上を見上げる。岩のクラックにはまり込んだカラビナ。張り詰めたザイル。

歯を食いしばり、目を閉じた。

婚約者の顔が脳裡に浮かんでいた。

比奈子。俺は、生きて帰る。お前と結婚するんだ。

心の中で仲彦は絶叫した。

第一章

1

標高三一九三メートル、南アルプスの主峰、北岳（きただけ）が赤く染まった空の手前で蒼（あお）いシルエットとなってそびえている。その姿を逆さに映した白根御池（しらねおいけ）の水面を風が渡り、さざ波が山の姿をかき消した。

池の周囲にはずらりとテントが並び、内部に明かりが灯（とも）っているテントもいくつかあった。そんな幕営指定地から少し離れた場所――白根御池小屋に隣接するログコテージ風の建物が、南アルプス山岳救助隊の夏山常駐警備派出所である。その前にむくつけき男たちが六名、横一列に並んで立っていた。

全員、赤とオレンジの派手なシャツに登山ズボン。白いヘルメットをかぶっているが、衣服は泥で汚れ、顔は擦り傷だらけ。しかも一様に魂が抜けたように呆けた顔を並べて、そこに立っているのが精いっぱいというふうに見える。

対面して立つふたりは救助隊長の江草恭男と副隊長、杉坂知幸である。小柄な江草と大きな杉坂の姿はあまりに対照的で、遠くから見ても見事なデコボココンビだ。ふたりはともに腰の後ろで手首を握り、しばし黙って男たちを見つめている。

少し離れた山小屋前の外テーブルに座った星野夏実隊員が、そんな彼らの姿を遠望していた。テーブルの向かいには後輩隊員である曾我野誠が座っていた。ふたりとも紙コップに入れたインスタントコーヒーを飲んでいた。

夕刻とあって、周囲に登山者の姿はない。テント泊の人たちはそろそろ夕食を終えているし、小屋泊まりの人たちは、午後五時からの夕食が始まった最中である。

「星野さん、どう思います？」

曾我野にいわれ、夏実は小首をかしげた。「どうって？」

「いや、今回は何人残るかってことです」

また居並ぶ男たちの姿に目をやった。

ほとんどが偉丈夫といっていい体つきで、体力はさすがにありそうだし、山岳救助をやるには申し分ない。そんな彼らが大樺沢で三日間、どんな訓練をやったか、いや、やらされたかを想像すると、実のところ今回もあまり期待できそうになかった。

　例年、夏場に行われている山岳救助隊新人研修である。これまで三年続けてやってきたが、いずれもあっさりリタイアしたり、途中で脱落したりで、残った者はひとりもいなかった。それだけ山岳救助隊の訓練も、実際の出動も、心身を激しく消耗するほど厳しいのである。

「あの六名のうち、五名が県警本部警備課の機動隊。一名がうちの署の交通課からの選抜です。ま、何とか残って二名、やっぱり機動隊のマッチョマンの誰かじゃないかと思いますが……」

「機動隊の人たちは、さすがに体力も気力もあるんだけど、なんていうか、登山のセンスがなくて無駄にエネルギーを使ってる感じがするんですよね」

　頰杖を突きながら夏実が応えた。

「それにしても、どうしていつも機動隊から回されてくるんすかね」

「単純に体力があるから、かな」

　夏実はずらりと並んだ大柄な男たちを見ながらそういった。

　登山はけっして筋肉だけではない。心肺機能やバランス感覚が必要だし、ルートファインディング能力や一定のクライミング・センスもなければならず、いわば人間の五感すべてと体力、知能を酷使する。そこにくわえて救助隊員は人命救助にかかわるあらゆる技術と知識、さらに驚異的な持久力がなければならない。

　つまりいかな機動隊員とはいえ、並みの警察官ではやっていけないということだ。

　夏実のような女性隊員も、ほとんど男性とのハンディなしで現場の第一線で働いている。同僚である神崎静奈のような武闘派のスポーツガールならともかく、夏実がここでやっていけるのは、もちろん訓練や現場のしごきに慣れたせいもあるが、何よりもこの山が好きだからということだろう。

「県警さんも考えてほしいですよ。たんに力自慢のマッチョゴリラばかりじゃ、いざってときに現場で役に立たないって」

「私たちってけっきょく警察機関の末端だから、上層部にしてみればどうでもいい部署ってことになるんじゃないかしら」

「だから給料も安いし、出世コースにも縁遠いってわけですか」

「えー、曾我野さんって出世を考えてるんですか」

　夏実に突っ込まれ、彼は頭に手をやった。

「いや。そりゃあ、いちおう自分もいっぱしの地方公務員っすからね。少しでもいいポストを狙いたいところです。こうやって救助隊やってるのも、たんに地域課のおまわりさんでいるよりも有利かなって思いまして」

「リアリストなんだ、曾我野さん」

「そういう夏実さんこそ、ロマンチストだけで食っていけるっすか」

「私、北岳にいるだけで幸せだし」

曾我野が肩をすぼめて笑った。「そういえば夏実さんにはちゃんと彼氏がいるわけだし、いずれ実収入もふたり分っすよね」

「あのね。そういうことじゃなくて……」

ふたりで笑ったとき、後ろから声がかかった。

――星野隊員。そろそろ訓練の時間だぞ。

あわてて中腰に振り返ると、警備派出所の裏にある犬舎の手前でK－9チームリーダーの進藤諒大が立って、手招きしている。その向こうでシェパードのバロンを犬舎から連れ出した静奈の姿が見えた。

「あ。ごめん、うっかりしてた」

夏実は腕時計を見、立ち上がりざま駆け出した。

2

二俣(ふたまた)を過ぎてから、大樺沢沿いの上り坂〝左俣コース〟を走って登った。

先頭が深町敬仁(ふかまちたかひろ)。そのあとに夏実が続く。

二人のすぐ後ろを走っているのは新人候補生の桐原健也(きりはらけんや)だ。そのさらにずっと後方――ふたつの小さな影になっているのは同期の候補生。ふたりは登り始めてすぐにバテてしまい、先頭からずいぶんと遅れてしまっている。そんな彼らに比べ、ただひとり桐原だけはダントツで体力と持久力があるのが驚きだった。

すでに三名が救助隊志願を諦(あきら)め、脱落している。最後尾の二名もかろうじて残っているが、おそらく時間の問題だろうと密かにいわれていた。ところが、この桐原だけは例外だった。

桐原健也は県警本部ではなく、南アルプス署交通課の警察官である。

身長百八十センチ、体重六十九キロ。とりわけ筋肉質でもないし、色白で骨張った顔をしている。切れ長の目は理知的で、独特の薄い唇がつり上がったことは一度もない。すなわち感情をまったく見せないタイプの人間だった。

だらだらと続く上り坂を走り続け、夏実たちはクライマーたちがたどるバットレス沢ルートとの分岐点にさしかかった。少し険しい岩稜帯に三名の登山者が立っていて、そのカラフルな衣装が目立っている。

「お待たせしました。山岳救助隊です」

さすがに息が上がった中で、深町隊員が声をかける。振り向いている三人のすぐ傍、岩場に座り込んでいる中年女性がいた。

「松下明美さんですね」

夏実がいうと、他の男性たちのうち、ひとりが頷いた。

埼玉からやってきた四人のパーティで、このルートを下山中、ひとりの女性が足を滑らせて数メートル滑落。左足が動かず、立ち上がれない状態だという。通報を受けて夏実たちが駆けつけてきたのは、およそ三十分後だった。

要救助者の顔色や表情、手足の状態などを見る。重篤な怪我ではなさそうだ。

「眩暈や頭のふらつきとか、あと、どこか痛いところはありますか」と、夏実。

「左の足首が……」

本人がかすれた声でいう。登山靴の紐を解いて脱がせ、靴下の上からそっと左足首に触れた。少し腫れているようだ。捻挫か、悪ければ骨折の可能性もある。

念のために患部を掌で軽く押し、質問した。

「感覚はありますか」

「ええ」

「これから応急処置をします。少し痛いかもしれませんが」

「大丈夫です」

女性の気丈な言葉に夏実は頷く。ザックを下ろし、救急用品を取り出した。

要救助者の女性が傷めた足首を動かさないように処置せねばならない。そのため、サムスプリントという保護材を足の形にU字型に折り曲げ、患部を包み込むようにし、上二カ所、下一カ所をテーピングで固定する。

その間、深町はトランシーバーで警備派出所と交信している。

――〝要救〟の女性は意識および言語明瞭、左足首の捻挫もしくは骨折の模様で自力歩行ができない状態です。ヘリ搬送の必要があります。

――〈はやて〉がスタンバイしてますので、大至急、現場に飛んでもらいます。

通信の相手の声は杉坂副隊長だ。

――現場から派出所。諒解です。

通話を終えた深町が振り向いた。

「あと十分ぐらいでヘリがきます。上空でホバリングしたら、この場から退避して強風に注意してください」

周囲にいるパーティ仲間の男たちが、早くも緊張した顔で空を見ている。

「これしきの怪我だったら、背負って下山できるんじゃないですか」

突然、声がして振り向くと、桐原がそこに立っていた。疲れた顔ひとつ見せず、要救助者の女性を見下ろしている。

他のパーティ仲間の男たちが驚いた表情をそろえていた。

「桐原。どういうつもりだ」

深町が眉を上げていった。

ところが平然とした表情で彼はつづけた。「民間ヘリのスタンバイと出動なら何十万円と費用がかかります。いくら公的機関だからって、町場の救急車のように気軽に怪我人を乗せて運んでいいんでしょうか」

「現場の判断を過信することはできない。あくまでもこれは応急処置なんだ。けっして事態を楽観視せず、もしもの場合に備えて最良の選択をするのが救助だ」

深町の声には明らかに不快感があった。

「急を要する怪我や疾病でなければ、我々の補助と仲間内での助け合いをしながら下山すればいいと思います。ヘリはあくまでも緊急手段ですよ。たとえば、今この瞬間に他の場所で事故が起きるかもしれないし、そちらのほうが重篤な怪我人だとした場合、こんな軽い現場にいちいち空中搬送で関わっていたりすれば、そちらに遅れが出てしまう可能性もあります。そういう意味での識別救急(トリアージ)の問題も、ここは考慮すべきだと思いますが」

深町が眉根を寄せた。

夏実も、桐原が口にした〝軽い現場〟という言葉が心に引っかかっていた。

「桐原。君は命の重さと合理主義を取り違えている」

「そうでしょうか」

こともなげに返す桐原を見て、さらに深町の表情が険しくなった。

「あの――」

夏実がふたりの間に割って入った。「とにかく、もうヘリは来るんですから、ここで議論してても始まらないと思います。ホイストでのピックアップの準備もありますから」

何よりも気の毒なのが要救助者本人と、そこに立ち尽くすパーティの仲間の男たちだった。まるで自分たちが迷惑をかけたかのようにいわれたのだから、これはもう気の毒としかいいようがない。

夏実も正直、桐原の言動に憤りを感じたが、ここで深町のように怒っても仕方ない。

きっかり十分後に、東の空に爆音が聞こえ始めた。

空のただ中にある一点だった機影が次第に明瞭にヘリの姿になり、あっという間に夏実たちの上空に到達し、周囲を旋回した。山梨県警ヘリ〈はやて〉の青いボディに赤い首輪のデザインが鮮やかに見える。

地上から二十メートルばかりの高さに滞空した〈はやて〉の機体側面のドアが開かれ、紺色のフライトスーツに白のヘルメットをかぶった乗員が身を乗り出した。夏実たちとは馴染みの飯室整備士である。

メインローターから吹き下ろす、すさまじいダウンウォッシュの風に、辺りの草が激しく踊り、砂煙が巻き上がり始めた。

――〈はやて〉から現場。いつでもホイスト降下できますので、指示をお願いします。

夏実がザックのストラップに付けていた無線ホルダーから、機長の納富慎介の声がした。

「星野です。こちらはスタンバイOKですので降下お願いします」

納富機長の相変わらず見事な操縦で、〈はやて〉の機体はそこに釘付けになったように微動すらせず、空中の同じ場所に定位している。

間もなくキャビンドアから白のヘルメットをかぶった紺色のスーツの男性が、ホイストケーブルに吊られ、ゆっくりと回りながら下りてきた。航空隊に配属されて間もない、ルーキーの依田道隆だった。彼は落ち着いて地上に到達すると、すぐにケーブル先端からカラビナを外し、上空のヘリに向かって合図をする。

たちまちホイストケーブルが引き上げられ、キャビンドアが閉じられるや、〈はやて〉はいったん現場上空を離脱する。谷間に滞空すると思わぬ風の影響を受けることがあるし、何よりも強烈なダウンウォッシュが救助を阻害するからである。

「夏実さん、お待たせしました」

ヘルメットにサングラスのスタイルで、白い歯を見せて依田が笑う。

「ご苦労様です」

夏実の返礼。

深町が要救助者の女性の上体をゆっくりと起こさせ、座った状態にする。依田は要救助者の女性の上半身にオレンジ色のエバックハーネス（EV）をテキパキと着用させた。指差し確認をしてから、彼女の左右のショルダーベルトと股ベルトの先にあるD環にカラビナをセット、自身のハーネスとの連結をし、ふたたび指差し確認する。

「ハーネスのここを両手でつかんでいてください」

依田はショルダーベルトに取り付けられた対のリングを要救助者の女性に摑ませると、夏実たちに頷いてみせた。

「こちら現場。セット完了です。進入をお願いします」

夏実がトランシーバーで伝える。

――〈はやて〉諒解。進入します。

納富機長の声とともに、離脱していたヘリがふたたび上空に引き返してきた。

彼らの上空でホバリングした〈はやて〉側面から、ホイストケーブルが揺れながら下りてくる。先端のフックは目印でもあるオレンジ色のウエイトにつけられて目立っている。

眼前に下りてきたフックを依田隊員が摑み、自分のハーネスに装着したカラビナにかけた。もう一度、指差し確認をしてから、上空に向かって合図をする。

「現場から〈はやて〉。パッケージ完了。PU（ピックアップ）お願いします」

夏実の無線を受けて、上空のヘリがホイストケーブルの巻き上げを開始した。

依田と要救助者の女性は向き合ったかたちで、ふたり同時に地上から離脱し、たちまち空中に吊り上げられ、ヘリへと向かって上昇する。やがて機体側面から飯室が手を出してふたりを機内に引っ張り込み、収容が終わった。

――〈はやて〉から現場。PU完了。これより離脱します。

「諒解。ご苦労様でした。お気をつけて！」

ヘリがやや斜めに機体を傾けて旋回させ、東に進路を取る。飯室整備士が手を挙げ、キャビンドアを閉じた。キャノピーの窓越しにサングラスをかけた納富機長の姿が見え、夏実たちは彼に向かって敬礼をする。

県警ヘリ〈はやて〉は空中を滑るように、東に向かって飛び去っていった。

ヘリが去ったあと、夏実たちは残った三名のパーティメンバーらとともに下山を開始した。彼らは一様に疲れ切った顔をしていた。肉体的疲労ではなく、どちらかといえば精神的なダメージのようだった。そのため、今日は麓(ふもと)まで下りずに途中の白根御池小屋で宿泊するように夏実が勧めると、すぐさま同意してくれた。

全員が言葉もなく、黙々と登山道を下った。三名の登山者たちを前に歩かせ、夏実は深町のすぐあとに続いていたが、彼女の後ろを桐原がしんがりとなって歩いていた。

ハードな救出に疲れも息切れもないのは驚きだったが、終始、能面のようになんの表情も見せずにいる桐原のことが気になった。

やがて二俣分岐が近づいてくると、登山道の途中に座り込んでいる二名が見えた。桐原と同期の候補生たちだった。夏実は今の今まで、彼らのことをすっかり忘れていた。

新川と三津屋という名だった。ともに機動隊出身なのでそろって偉丈夫である。それがトレイル脇の草むらの中に座り、うなだれていた。さすがに心配になって夏実が近づくと、どちらも疲れ切って汗だくの顔で見上げてきた。

「大丈夫ですか？」

声をかけられ、ふたりは情けない表情になって立ち上がる。

「すみません。自分ら、バテてしまって現場まで行けませんでした」

そういったのは三津屋だった。あまりに気の毒な様子なので夏実が苦笑いする。

「最初は誰でもそうですから、気にしないでください」

すると夏実の斜め後ろに立っていた桐原がいった。「ふたりとも、この任務には不向きです」

振り返った夏実が思わず眉を上げた。

彼は見返しもせず、それきり黙って二名を見ていた。

その冷ややかな双眸を見て夏実は少し怖くなった。

「お前も候補生なんだ。仲間を批評する立場じゃない」

深町にいわれ、桐原はふっと薄笑いを浮かべた。

またいい合いになるかと思いきや、彼はそれきり黙ってあらぬほうを見ている。夏実はホッとしたが、深町としては収まらないようで、不機嫌を顔に張り付かせたままいった。

「とっとと帰還するぞ」

二名の候補生を急かすように歩き出す深町の後ろ姿を見ていると、それを追うように桐原が黙って続いた。

「救助隊のみなさんって、シビアなんですね」

パーティメンバーのひとり、丸顔の中年男性が気の毒そうな顔でいう。夏実はちらと振り向くと肩をすぼめた。

「いつもそうじゃないんですけど……」

あとに続く言葉が出てこなかった。

3

「とりあえず、新人歓迎ということで――」

曾我野誠が日本酒を入れた紙コップを片手で掲(かか)げ、笑顔を作った。「ご唱和願います」

ほぼ全員で「乾杯！」と声を合わせた。

警備派出所の六畳の奥座敷である。畳の上に長テーブルがすえられ、救助隊メンバー全員がそれを囲んでいる。壁際が江草恭男隊長、隣に杉坂副隊長。左右に夏実や静奈たち、古参の救助隊員が居並び、新人の桐原健也は入口近くの端で沈黙して座っていた。ひとりだけ乾杯の声がなかったのは彼の個性ゆえだ。

料理は夕方から全員で手分けをして作った。冷凍食品が多いが、揚げ物から煮込み、生野菜までいろいろとバラエティに富んでいる。さっそく箸(はし)をつけて食べ始めた。

やはりというか、六名の候補生のうち、隊に残ったのは桐原健也の一名だけだった。

それまで誰ひとり新人隊員が入隊しなかっただけに、先輩隊員である夏実もここは喜ぶべきところだが、彼の突出したスキルとバイタリティはともかくとして、人格的に問題があることはたしかで、そのために歓迎会とはいえ、微妙に気まずい空気がこの場に漂っていた。

深町と杉坂副隊長は桐原の入隊に反対した。理由は独断専行が過ぎて協調性に欠けるというものだった。夏実とてそのことに関して異論はない。実際に大樺沢の現場で桐原の言動を見てしまったし、他に訓練時や日常でも問題が多々あった。

ところが江草隊長の鶴の一声で桐原の入隊が決まった。その理由が明確でないことも、また隊員たちの混乱を招いていた。

宴は進み、それなりに盛り上がったが、長テーブルの端だけ暗く光が当たってないように夏実には思えた。桐原がいっさい彼らの会話に加わらなかったためだ。しかもここに座している全員があえて桐原を無視しているように思え、夏実は仕方なく会話の合間に恐る恐る声をかけてみた。

「桐原さんって……どうして山岳救助隊を志願されたんですか」

周囲の会話がピタリと止み、全員の注目が彼に集まったのがわかった。

声をかけられた桐原は表情ひとつ変えなかった。ただ、誰の顔を見るでもなくいった。

「なんとなく、ですね」

素っ気ない言葉に夏実が驚いた。

たいていはやりがいのある仕事だからとか、人の命を救う大切さを知りたいとか、そんな熱のこもった答えが返ってくるものだ。夏実のちょうど真向かいに座っている深町が、かすかに眉根を寄せたのがわかった。反応したのは横森一平(よこもりいっぺい)だった。

「山岳救助という仕事を、なんとなくやろうと思ったのか」

憤りを押し殺したような口調だった。

「ええ」

やや俯(うつむ)きがちの桐原の口元に、かすかな笑みが浮かんでいた。

「交通課の仕事ってけっこう退屈なんですよ。交差点で張り込みをして一時停止違反を見つけたり、速度超過の車を捕まえて切符を切ったりって、何だか自分に合わない気がしました。それで地域課への転属を志願したんですが、やはり交番勤務とかパトカーで警らをやったりとか、そういうことも自分に向かない気がしました。だから同じ地域課でも山岳救助にかかわるのなら、ちょっと変わった仕事だろうし、面白そうだなって」

「面白い面白くないという基準で警察の仕事を選ぶのか」

桐原はちらと横森を見て、また薄く笑った。

「いけませんか」

立ち上がりかけた横森の肩を、隣にいた杉坂副隊長が黙って摑んだ。

横森は我に返り、ゆっくりと座り直していった。

「我々の仕事には登山者たちの生命がかかってる。だからこの仕事に関わるのなら、しっかりと責任感を持った警察官であるべきだ」

「責任感ですか……」

桐原は横森から視線を離し、冷めた声でいった。「この世界に入ってよく聞かされる言葉ですが、それもどうかなって思うんです。そもそも山に登る人って、いわば自己責任ですよね。わざわざ危険な場所に自分から足を運んでくるわけですから。そんな人たちを警察官が命がけで救助する意味って何なんだろうって思ったんです。横森さんはどう思われますか?」

「それはだな――」

横森が渋面(じゅうめん)になって視線を泳がせた。「……つまり市民の平和と安全を守るのが我々警察官の職務であり、それは市内であろうが、こんな山であろうが、変わりないということじゃないのか」

「そういうテンプレートな返答を期待したわけじゃないんです。よく命の重さっていうけど、しょせんは美辞麗句ですよね。人間、いざってときは他人よりも我が身が大事だし、いくら職務とはいえ、危険をおかして他人を救助するってどういうことなんでしょう」

「だったら、かりにお前が警察官じゃないとして、この山で誰かが怪我をしたり、死にかかっているとき、自分の損得勘定で行動を決めるのか」

そういったのは深町だった。落ち着いた声だが、少し怒りがこもっていた。

「損得じゃありません。ただ、自分が一般人だとしたら、リスクを負ってまでして他人を助けることはしません。人のために命をかけるのは立派な精神のようにとれますが、その実、非論理的で意味のないことだと思います。もちろん警察官の職務となれば別です」

桐原がまた少し笑ったのを見て、さすがに夏実も驚き、気持ちをそっと抑えた。

「だったら、なんとなくとかじゃなく、やっぱり隊に志願した明確な理由があるんじゃないですか？」

思わず質問した夏実を、彼は冷ややかに見返した。

「ひとことでいえば、自分の限界を山で試してみたいと思ったんです」

「その限界を超えたところを目指すつもりはないの？」

そういったのは静奈だった。桐原が見た。

「ないです。今の自分に充分満足してますから」

座が沈黙に包まれていた。

咳払いが聞こえた。見れば江草隊長だった。

「談論風発は大いにけっこうですが、何だか重たい空気になりましたな」

場違いともいえる笑みを浮かべて江草がいった。「少し早いけど、そろそろお開きにしますか?」

4

田村透子は喪服を着て座り、兄・柾行の遺影を見ていた。

うだるような暑さの中、田村家の決して広くない和室に単調な読経が流れ、弔問客らの焼香が続いていた。遺影の中の兄は登山服姿で屈託のない笑みを浮かべている。

数年前、透子といっしょに槍ヶ岳に登ったとき、頂上で撮影した一枚だった。

見ているうちにまた涙があふれた。もうとっくに枯れたと思っていたのに、止めどもなく流れ落ちてきた。それをハンカチで拭うこともせず、透子は写真から目を離し、俯いた。

早くに両親を亡くして、透子は兄とふたりきりの生活だった。当然、喪主であるが、叔父や他の親戚たちがいろいろと力添えをしてくれて助かっていた。

弔問客の列がしずしずと進み、やがて川越伸彦が透子に向かって頭を下げ、白木の棺の前に座った。パリッと糊の利いた白シャツの上に高級そうな黒いスーツを着ている。線香を焚き、手を合わせて黙禱している、その後ろ姿を透子はじっと見つめた。

事故のあと、群馬県警沼田警察署で透子は川越伸彦と面会した。地下の安置室で兄の遺体を確認し、刑事の事情聴取を受けて語る伸彦の話をじっと聞いていた。

谷川岳一ノ倉沢の衝立岩。

ホールドしていた足場が崩れ、伸彦は下にいた柾行を巻き込んで墜落した。ふたりは宙吊りになり、たったひとつのカラビナで支えられているかたちとなった。そのカラビナもふたりぶんの体重を支えきれず……。

下にいた柾行は自分からナイフでザイルを切ったという。

結婚を前にお前は死ぬな。生きろ！　と叫んでから。

何度も声を詰まらせ、つっかえながら話す伸彦の横顔を見ながら、透子はまるで遠い世界の出来事であるかのように感じていた。ときおり涙が頰を伝ったが、悲しみがつのる実感はなかった。深い傷は最初、痛まない。あとになって、じわじわと真綿で締め付けてくるように苦痛が増してくるという。

登攀事故はニュースとなり、自己犠牲の賛否がしばらく世間を賑わせた。

いくら自分の命を捨てて友を救ったからといって、その名誉で死んだ柾行の魂が救われるわけではないし、たったひとりの肉親だった兄を失った透子の悲しみに変わりはない。

もちろん伸彦が兄を殺したわけではないが、ともに登攀していた最中の事故である。現場で何があったとしても、ただ彼の証言だけで兄の自己犠牲をいわれてもピンとこないし、信じたくもなかった。

伸彦を憎くは思わなかったが、いくら尊厳のある死とはいえ、兄を失ったという現実は心に深く焼き印を押した。ふたりで谷川岳に行かなければ、こんなことはなかった。兄と伸彦の立場が逆だったら、もしかしたら助かっていたかもしれない。無意味とわかりつつも、〝たられば〟を考えてしまう。

――このたびはご愁傷様です。

声に我に返り、顔を上げた。目の前に喪服の伸彦が座っていた。

挨拶をしてきたにもかかわらず、こちらの顔を見ておらず、視線を少し逸らしている。おそらく気まずさゆえだろう。それを見て透子はよけいに悲しくなった。けっきょく何も言葉を返さず、黙って頭を下げただけだった。

伸彦は険しい顔で視線を外していたが、小さくお辞儀をして立ち上がり、背を向けて出口から去って行った。その後ろ姿を透子はじっと見つめた。

焼香と読経が終わり、出棺となった。

葬儀社の男性と親戚の男たちが重たい白木の棺を抱えて外に出した。葬儀が始まる前は晴れていたはずなのに、いつの間にか空を鉛色の雲が覆って、細かな雨が降っていた。霧のようだが明らかに空から落ちている。小糠雨（こぬかあめ）という言葉を思い出した。

路上にはすでに霊柩車（れいきゅうしゃ）が停まってリアゲートを開き、喪服の担当者が二名、待ち受けている。千緒万端（せんしょばんたん）な葬儀の段取りに慣れきったところを見せつけていた。透子は位牌を胸に抱き、霊柩車の助手席に案内された。

乗り込む前に今一度、周囲を見た。大勢の弔問客たちが霧雨に濡れ、あるいは傘を差しながら立っていたが、その中に川越伸彦の姿は見つけられなかった。

5

細長く割れたクラックに指先を突っ込み、深町敬仁はじりじりと体を持ち上げた。

岩はしっかり乾いているが、ところどころもろくなっている場所があり、ホールドすると突起が取れたり、ふいに足場が崩れたりすることもある。だから気を抜けない。三点確保の基本を守りながら、手足を使い、慎重に垂壁を攀じ登り続ける。

ワンピッチぶん登ったところで、広いテラス（平坦な岩場）に到達し、残置ボルトにカラビナを掛けてビレイをとった。古く錆び付いたボルトだが、ここは何度も登ったルートでボルトの強度はよくわかっている。

深町はヘルメットを少し上げ、額の汗を拭ってから下を見た。

遥か下方に白のヘルメット、赤とオレンジの制服姿。桐原健也である。

「ビレイ、解除！」と、声をかけた。

桐原が片手を挙げ、自己確保を解除する。

ここは北岳東面、標高差六百メートルのバットレスと呼ばれる岩場である。整備された登山道をたどる一般の登山者たちと違い、〝岩屋〟つまりクライマーたちが垂壁に取り付き、登攀するコース。とりわけ登攀のメインルートとして知られる第四尾根だった。

下部岩壁というとりつきから百メートルばかり登った辺りにふたりはいた。救助隊員はこの場所での登攀と懸垂下降を繰り返しながら、短時間のうちに数回往復する訓練をやる。極度の緊張の中で全身の筋肉を酷使しながらの訓練ゆえに、これを〝岩しごき〟と救助隊メンバーは称している。

遥か下、登攀の起点となった場所には、他の隊員たちの姿が小さく見えている。たかが百メートルとはいえ、かなりの高度感がある。そのため桐原も終始すっかり押し黙っている。その無表情さに被さるように刺々しい緊張感が見え隠れしていた。

桐原が垂壁に取り付き、深町のいる場所を目指して登ってきた。

思った以上に動きが速い。

巧みにルートファインディングを続けながら、トントン拍子で岩を登ってくる姿を見て、深町は声もなく驚いた。瞬く間に足下に到達した桐原は、顔が汗で光っているものの、息の乱れがほとんどなかった。相変わらず能面のような無表情。

「次は桐原がリードだ」

深町にいわれ、彼はかすかに口角を吊り上げた。

「これしきの岩なら、深町さんのビレイなしでも大丈夫です」

思わぬ言葉が口から飛び出してきたので、深町は少し面食らった。

「本気か」

「半分、本気です。でも、いちおう決まりは守りますよ」

「いくら自信があっても、そんな独断を口にするべきじゃない」

「深町さん。人間の基本って個人じゃないですか」

にべもない言葉を投げられ、さすがにカチンと来た。

「お前がひとりで生きるなら勝手にやれ。だが救助隊はチームワークが必須だ。岩登りは相方に命を託しながら登るものだ。それが事故を未然に防ぐ方法だし、かりにどちらかが危険にさらされたら、守るのが相棒(バディ)だ」

「足を引っ張るようなバディは必要ありません」

「だったら――」

こみ上げてきた怒りを抑え込み、深町がいった。「俺とお前がふたりしてフォールし、ザイルで宙吊りになったらどうする。ナイフで俺のほうを切るのか」

桐原はかすかに眉を寄せたが、深町の目をまっすぐ見て、いった。

「切ります」

予想外の即答に深町はたじろいだ。

「ふたりで死ぬのなら、やはりひとりのほうがいいでしょう。どっちが生き残るかを考えたら、やっぱり自分じゃないですか。自分と他者を天秤にかけたら、やはり自分を残すべきだと考えます」

「お前、本気か」

「もちろんです。深町さんは自己犠牲は必要だと思いますか」

「状況によっては必要だ」

「私はそうは思いません。センチメンタリズムは無用な感情論です。非論理的だし、行動と成果を阻害するだけです」

抑揚のない声でいうと、桐原は上を見て、岩場に手をかけた。

「じゃ、登ります。深町さん、必要でしたらビレイしてていいですよ」

いいのこすと、桐原は身軽な動きでかすかな岩の突起に手足をかけながら、垂壁を速いペースで登っていく。その姿を深町はあっけにとられながら見送った。

差出人の名前が書かれていない無地の白い封筒だった。

6

川越伸彦様という宛名（あてな）と住所はゴシックのフォントで印字され、切手が貼ってあった。消印は「練馬（ねりま）」と読めた。

夕刻、会社から帰宅し、マンションのエントランスのポストでそれを回収した。自室に入ると荷物を置いて机に向かい、開封した。

中から出てきたのは写真が五枚だけだった。

いずれも山岳を撮影した写真だった。それも谷川岳一ノ倉沢の衝立岩だと気づいたとたん、ハッとなった。二名のクライマーの小さな姿が鮮明な画像で捉（とら）えられていた。

頭の中がパニックを起こしかかった。

わけがわからず、一瞬、どういうことかと途惑（とまど）った。それが、だんだんと恐怖へと変わっていった。背筋を戦慄（せんりつ）が冷たく這い登ってきた。

ふたたび、その五枚の写真に目を落とした。手が震えているので小刻みに揺れる。

いずれも衝立岩の垂壁。ザイルで宙吊りになっているヘルメットのクライマー二名の姿。かなり小さく写っているが、間違いなく自分と柾行だった。

七月に登攀したときのものだ。

望遠ズームで撮影したらしい。焦点はふたりに合っていて、背後の崖はややボケている。

五枚ともかなり鮮明に彼らの姿が捉えられている。表情まではわからないが、ザイルから大きく下に手を伸ばした自分の右手に、小さなナイフが握られているのが確認できる。

最後の一枚には自分しか写っていなかった。すなわち、柾行がフォールしたあとだ。

その写真を裏返すと、そこには印字で都市銀行の普通預金口座の名義「ワイジェイ企画」と口座番号。さらに「¥2,000,000-」という額面と支払期限一週間という日付が記されてあるだけだった。

しばしそれを見つめていた。

「二百万円……」

声が少し震えているのを自覚した。

ワイジェイ企画はもちろん架空口座の偽名だろう。

たとえば架空請求などの犯罪に使われる銀行口座は、仲介人を経て売買されているため、口座名義人と犯人は無関係だ。今は振り込め詐欺救済法で口座凍結して被害者にバックできるようになったものの、被害者が警察に通報して口座凍結する前に、犯人が即座に引き出すために被害を食い止めることはできない。

かりにこれを無視した場合、どうなるか。おのずとわかることだ。

たとえばこの写真が警察やマスコミに持ち込まれたら？　いや、もっと簡単にネットで拡散されることになれば、即座に人物が特定され、あの事故の真相が世間に明らかになる。その先のことは考えたくもなかった。

二百万を相手の口座に振り込んだとして、果たして脅迫がそれで終了するのか。そうは思えなかった。人ひとりの人生を終了できるほどのネタなのだから、もっとふっかけてきたっていいはずだ。となれば、第二弾、第三弾の無記名の封書が届くことになる。

おぞましい未来を想って伸彦は絶望のどん底に落とされた。

机の傍らに置いた写真立てに、松谷比奈子の笑った写真が飾ってある。

これで結婚どころか、仕事も、そして人生も終わりになる。

持っていた写真を足下に落とし、伸彦は両手で顔を覆った。

7

「桐原はいわゆるサイコパスなんだと思う」

深町の言葉を聞いて夏実は驚いた。

「サイコパス……」

「反社会性パーソナリティ障害という精神疾患の一種。いや、別にだから危険人物だとか、差別的な意味合いでいってるんじゃないんだ。サイコパスは男性の三パーセント、女性は一パーセントの割合でふつうに存在している。たしかに映画やドラマなどで犯罪者や危険人物のイメージがあるけど、今では当たり前に個性のひとつと認識されてるんだ」

ふたりは御池を見下ろす大きな岩の上に並んで座っていた。隣に夏実の相棒である救助犬メイが伏臥し、大きな舌を垂らして草すべりの急登をたどる登山者たちの小さな姿を見上げている。

「でも、どうして桐原さんがそうなんですか」

「口達者で利己主義、結果至上主義。他人との協調性、共感性がない。そもそも喜怒哀楽といった感情を理解せず、自分の中にも欠落している。さらにいえば良心の欠落ということもある」

いわれるまんま桐原のことだと夏実は気づいた。

「昨日の〝岩しごき〟のとき、あいつとパートナーを組んで登ってみてよく判った」

「下から見ていて、桐原さんって凄いなってあらためて思いましたけど」

「一流大学を成績優秀で卒業し、いったんは大手の企業に入ったらしい。が、三年と経たずに自分から辞めてしまったそうだ」

「そんな人がどうして地方の警察官なんかに?」

「俺たち俗人にはわからん何かがあるんだろうな。資料をちょっと見たが、桐原はスポーツ万能で知能指数（ＩＱ）は一七〇だそうだ」

「凄い。まるでスーパーマンですね」

「たしかにな。だが、あいつに絶対的に欠けてるものがある」

「それって……」

小首をかしげる夏実に深町がいった。「心だ」

思わず目をしばたたき、彼を見た。

「え」

「ふたりでクライミング中にフォールし、ザイルで宙吊りになったら、あいつは迷わず俺を切って落とすといった」

「自己本位とかいうレベルじゃないですよね、それ」

「自分と他者を天秤にかけたら、即座に自分を取ると、あいつはためらいもなくいう。自己犠牲は無用な感情論と考えている」

夏実は動揺した。

能面みたいに無表情な桐原の顔を思い出す。たまに笑うことがあっても、冷笑という言葉がふさわしいような唇を歪める笑みだったし、だいいち目が笑っていない。いってることは実に論理的で、ともすればそれが正しいと思わせるような説得力と整合性がある。

「ハコ長が採用を踏み切ったのはどうしてかな」

たしかにサイコパスといわれれば、そうかもしれない。

深町の疑問は当然のことだった。

ここ北岳の山岳救助隊は現在、隊長を含めて九名。桐原が入るとちょうど十名となる。そもそも狭い所帯であるがゆえに仲間同士の親密や協調性は重要で、メンバー全員、個性こそさまざまだが、まるで家族のように親しく、ひとつ屋根の下で生活し、ともに出動を繰り返してきた。

そこに桐原のような問題を抱えた新人を入れることの意味がわからない。

「たしかにあいつのスキルと体力を考えれば、救助隊の大きな力にはなるだろう。しかし道義的に考えると、他者の命を救う仕事には向かない」

深町は腕組みをして口を引き結んだ。

「どうしてもトラブルメーカーになりますよね」

「そうなんだ。いくら山の優等生でも、他人を見下したり、勝手に独断に走ったりするようじゃ、うちではやっていけないし、むしろ足を引っ張りかねない」

「ハコ長って何を考えてるか判らないところがあるけど、実は意外な盲点をちゃんと押さえてたりするんですよね。私たちが気づかない、何かの長所を見いだしてるとか」

「深謀遠慮(しんぼうえんりょ)という奴かな」

深町はふっと警備派出所の建物を見ながらいった。「いずれにせよ、今度は長続きしてくれたらいいけどな。また三日坊主で辞めていくなんてことにならなきゃいいが」

「それって無理にお世辞じゃないんですか」

深町は大げさに肩をすぼめて見せた。「まあな」

「思った以上にタフそうだから大丈夫ですよ」

夏実が笑った。

傍らに腹這っているメイが大きく欠伸をした。

8

朝から自室のベッドに仰向けになり、伸彦は天井をにらみながら考えていた。

都内京橋にある東亜油脂という企業で働いて五年、営業部から事業部に転属し、多忙な日々を送っていたが、あの脅迫写真のことが頭にあって出勤する気になれず、病欠の電話を入れて三日目になる。

朝食もとらず、厚手のカーテンを閉め切った部屋でベッドに寝転がっていた。

沈黙に閉ざされた部屋にエアコンのかすかな駆動音が続いている。ときおり外からバイクのエンジン音や救急車のサイレンが聞こえてきた。天井にはインバータ式のシーリングライトがあり、LED独特の白く淡い光を放っていた。

さんざん悩み、迷ったが、安易に指定口座に振り込むべきではないと思った。

少々待たせたからといって、いきなり写真を世間に公表するはずがない。何しろ相手にとって取引材料となるゆいいつの切り札だからだ。

支払期限と書かれた一週間が経過したが、何の反応もなかった。このまま何ごともなく終わればと思うが、おそらくそれはないだろう。相手は伸彦が脅迫に屈し、乗ってこないことでいらついているに違いない。

もしかすると次のモーションで何かボロを出すかもしれない。

電話、あるいは直（じか）に接触をしてくれれば、こちらも手を打てる可能性がある。

あの日あのとき、脅迫者は一ノ倉沢の衝立岩が見える場所にたまたまいた。山を見ていると、遠くにいるクライマーの姿に気づいた。そこで望遠レンズで撮影した。そのときは、まさか〝事故〟が起きるとは思わなかったに違いない。

衝立岩を捉えた写真の角度からして、撮影場所は一ノ倉沢出合の辺りだと推測した。一般の観光客が〝魔の山〟谷川岳を見上げる絶景ポイントとして知られている。そこでカメラのレンズを山に向けていて、偶然に伸彦たちの姿を見つけたのだろう。

一ノ倉沢出合は夏場ならば平日でも大勢の観光客が訪れるため、相手を特定することはできない。だが、あの場所からこれほどのアップで衝立岩の写真を撮影できるのだから、かなり高倍率の大型ズームレンズだったはずだ。そうだとすれば、カメラを趣味にしている好事家か、職業にしている者の可能性がある。しかし、それだけでは絞ることができない。

もうひとつ、どうして伸彦の住所を知ったのかという疑問もある。

事故のあと、警察による検分があり、事情聴取もあったため、新聞やネット記事になっていた。名前が公表され、そこから住所を探ったのだろうか。ＳＮＳでもかなり騒がれ、さんざん自分の名前がネットにさらされていた。

しかしどうやって住所を割り出したのか。

自分の名前をブラウザの検索窓に打ち込んで何度かエゴサーチをしてみたが、あの事故に関する記事などが出てくるばかりで、もちろん住所や職業などに関するものはいっさい表示されない。これだけ個人情報云々が叫ばれるようになった時代だから、それは当たり前のことだ。

プロの登山家ならばいざ知らず、伸彦はあくまでもアマチュアであり、趣味で岩登りをしているだけだ。特定の山岳会にも所属せず、個人で登山を続けてきた。

ふと、伸彦は眉間に皺を刻み、つぶやいた。

「……俺を知っている奴か」

無意識にベッドから上体を起こしていた。

汗で少し濡れた前髪を片手の指の間でかき上げ、俯きがちに考えた。

フローリングの床の上に、あの写真が何枚か落ちていた。ベッドから下りて歩き、それらを拾い上げた。ザイルで宙吊りになったふたりの姿。伸彦はまさにナイフを握った右手を伸ばし、下にいる柾行を落とそうとしている。その姿をじっと見ながら、またもや氷のように冷たい戦慄が背筋を這って登ってくるのを意識した。

目を泳がせながら記憶をめぐらせ、自分の知人や過去に接触したことがある人物を思い出そうとした。しかし高価なカメラを持っていて、望遠レンズで山を撮影するような人間に心当たりはなかった。

ふいにスマホの呼び出し音が聞こえ、伸彦は跳び上がりそうになった。見れば、机の上に置いたiPhoneが震えている。あわててそれを取った。液晶画面には松谷比奈子の名があった。安心して写真を机に置くと、壁に背中をもたせかけた。指先でそっとスマホをタップし、耳に当てた。

「もしもし――」

――ね。大丈夫？　今日も会社、休んでたし。

「ああ。ちょっと夏風邪(なつかぜ)をひいてただけ。もう元気になったよ」

――だったら、今夜、これからいっしょに食事をしない？　こないだ映画に誘われてキャンセルしちゃったから、その埋め合わせってことで。

伸彦は二度ばかり呼吸をして、やっと声を出した。

「ごめん。ちょっと都合がつかなくて」

――やっぱり病気？　声、元気ないけど。

「休んだ間の在宅の仕事がたまってんだ。今夜じゅうに何とか終えないと……」

――そう。残念。

「悪いな」

今度は向こうが少し沈黙した。

――ところで、来月の登山は大丈夫なの？　早く場所と日程を決めて山小屋の予約をしなきゃいけないけど。

ふいに振られて思い出した。結婚式を前に、ふたりで山に登ろうと話し合っていたのだった。比奈子は岩登りはしないが、登山が趣味だった。今回、登る場所は南アルプスの北岳という、彼女からの希望があった。去年はふたりで富士山に登ったから、次は日本で二番目に高い山ということが理由である。

「そうだね。そろそろ会社の来月のシフトが決まるから、そしたら具体的に日取りが決められると思うんだ」

――いいよ。じゃあ、早く決めてね。

「わかった」

通話を終えたスマホを机の上に置き、椅子に座った。そのまま、しばしうなだれていた。

ふと、スマホの隣にある写真に目が行き、それを片手で取って、顔の前でじっと見つめた。崖の中腹に宙吊りになった自分と柾行の姿。見ているうちにまた悪寒がして、写真を伏せた。歯を食いしばり、目を閉じた。

9

「何ですか、これ」

午前九時。

派出所前で作業道具であるジョレンを夏実に渡され、桐原は棒立ちになっていた。長い木の柄の先に半月型の金具が取り付けられている。農耕具の鍬によく似ている。

白根御池小屋と、そこに隣接する救助隊警備派出所で外作業をする日だった。それぞれ二名ずつ作業担当として出すことになった。御池小屋から女子スタッフの天野遥香とニック・ハロウェイ。派出所からは夏実と桐原健也である。

「桐原さんって、もしかしてジョレンを知らないとか」

「もちろん園芸とかに使う道具だということは知っています。だけど、どうしてこれが私に必要なんですか？」

「派出所の前とか登山道の水切りをやるんです。台風が接近してますから」

「水切りとは何ですか」

面食らったような桐原の表情を見ながら夏実が説明した。

「雨がたくさん降ると、登山者の通り道になる地面に水たまりができてしまいます。だから、そうならないようにたまった雨水を脇に逃がしてやるんです」

「それをどうして山岳救助隊がやるんですか」

「別にいいと思うけど？」

「我々の仕事は遭難事故を防ぐためのパトロールとか救助活動とかですよね」

「もちろん」

「土木作業は別のスタッフ……たとえば山小屋の人たちがやるとかじゃないんですか」

「山小屋の人たちもやるけど、私たちもやりますよ。お互い、ここで生活しているわけですし。来週辺り天気が崩れそうだから、今のうちにやっとかなきゃ」

「いや、しかし……」

躊躇する桐原を見て夏実が肩をすぼめた。

「しかしも案山子もないんです。行きますよ」

もうひとつのジョレンを手にして夏実が歩き出す。桐原が仕方なくついてきた。

「Hey Rookie!」

新人の桐原を見て手を挙げたのは、大柄な白人男性のニック・ハロウェイ。すっかり彼のトレードマークとなった《ちょっと北岳にキタだけ～》と書かれたイラストのTシャツを着ている。胸の厚みがあるのではち切れそうだ。

「わしもこの山小屋、去年からのRookieや。ニック・ハロウェイいいますねん。よろしゅうに」

例によって珍妙な関西弁でニックがいい、桐原に片手を差し出した。仕方なく桐原が握り返した。ふて腐れたような表情で名乗った。

「桐原健也、です」

ニックが大げさに破顔した。「キリハラ……イケメンのCool Guyやな」

おだてられても桐原は笑わなかった。無表情のまま、ニックのほうを見ないようにしている。その素っ気なさがなんともいえず可笑しい。

「夏実さんたちはそっちから削っていってもらえますか」

小屋スタッフの遥香が指差し、夏実は頷く。

「桐原さん。そろそろ始めましょう」

相変わらず能面のように表情のない顔のままで、桐原は夏実の目の前でジョレンを使い、のろのろと土砂をかき始めた。


――休憩に入りまーす。

一時間ばかり経って天野遥香の声。全員がジョレンを動かす手を止めた。

「茶、飲むか？」

声をかけられ、夏実が振り向くと、いつの間にかすぐ傍にニックの大きな姿があった。Tシャツの胸の真ん中と両脇に汗の染みが黒く浮き出している。丸太のように太い毛むくじゃらの手に麦茶のペットボトルがふたつ。

桐原とふたりで受け取った。近くの外テーブルを挟むようにニックと向かい合わせに座り、キャップをひねって夏実が飲んだ。山の水で冷たく冷え切った麦茶が美味しい。

「あんた、おとなしい人やな」

ニックに声をかけられ、桐原は迷惑そうな顔をした。

「ニックさんはいつも楽しそうですね」

夏実に声をかけられ、彼は子供のように照れて頭を掻いた。

「わし、山におるときがいちばん幸せやねん」

「ニックさんはカンザス州の出身で、ヨセミテで山岳ガイドをされてたんですよ」

夏実が桐原に説明し、ふいに彼を見た。「日本に来られたのは、たしか留学のためでしたよね。関西の大学を卒業されたって」

「せやな。California で大学に行っとったねんけど、一年で中退してもうた」

「カリフォルニアの大学って？」

「Stanford University や。工学部の情報工学科やったけど」

「スタンフォード！」

突然、桐原の顔色が変わった。初めて見る桐原の表情に夏実がクスッと笑う。

「えっと、それってよく聞く名前だけど、そんなに驚くほど凄いところなんですか？」

「超優秀なエリート校ですよ。全米最難関の入学率で、たしか去年は四・九パーセント。ハーバードやコロンビア大学を抜いてダントツ一位でした」

ポカンと桐原を見ていた夏実が向き直った。

「そんな凄い大学をどうして中退なんてしたんですか?」

ニックはわざとらしく肩を持ち上げ、両掌を上に向けて笑う。

「おもろうなかったねん」

あっさり答えられて、夏実は目をしばたたき、あらためて訊いてみた。

「関西の大学を出られたそうですけど、日本に来られた理由はやっぱり留学?」

「そやなあ……ま、ちょっと個人的なトラブルがあって、向こうにおられんようになったねんな」

「個人的なトラブルって?」

「それゆうたら、わし、ここにおられんようになるねん。〈John Wick〉みたいにヤバい奴らから命を狙われとるからな」

ペットボトルの麦茶をラッパ飲みしたあと、ニックが妙なことをいった。

しばらく真顔で彼を見ていた夏実が、だしぬけに噴き出しそうになり、口を押さえた。

「もう、ニックさんったら!」

ニックが破顔し、歯を剝き出して大笑いする。「ほんの冗談や」

「ニックさんって、本当に変な人ですね」

「変なガイジンでええねん」

——そろそろ作業、始めまーす。

近くで遥香の声がした。

ニックが弾けたように立ち上がる。

「さ。ガンバルで。昼までに作業を終えるんや」

夏実といっしょに立った桐原に向かって、彼が大げさな笑みを浮かべた。

「そんなわけでよろしゅうに。えー、名前、なんやったっけ。ハラキリ？」

「桐原です」

無表情に彼が返すと、ニックは白い歯を見せて笑った。

10

兄の柾行が亡くなって以来、透子はひとりきりになった。

勤め先から戻っても家には誰もいない。ひとりで食事をとり、テレビを観たり、スマホやパソコンでネットを見てから寝る毎日だった。気晴らしになるかとワインや酒を買ってきて飲んでみたが、もともと酒の飲めない体質なので気分が悪くなり、すべて流し場に捨てた。

兄と暮らす生活が続くとは思っていなかった。いつか結婚するかもしれないし、気まぐれに独り暮らしがしたいといいだしたっておかしくない。しかし、実際にこうしてしんと静まり返った家で独居してみると、空虚な寂しさと心の重さが身を縛るようで、なんともやるせなかった。

理由もなくふらりと兄の部屋に入り、山道具をさわってみたり、書棚にあった兄の愛読書を開いてページをめくったりした。

兄は山の写真をデジタルのデータだけでなく、プリントアウトしてアルバムに整理し、それぞれの山ごとに日付分けしてファイルしていた。椅子に座ってアルバムを膝の上に置き、それをぼんやりと見ていた。

兄の山行は、やはり相方だった川越伸彦とのペアが多かった。

伸彦は兄が勤める東亜油脂の社員である。そこで知り合い、共通の趣味が登山だということでいっしょに山登りをするようになったようだ。ふだんの兄との会話でも、伸彦の話は頻繁に出たし、こういう写真を何度も見せられたりした。

そんなときの兄は本当に幸せそうだった。楽しげに山のことを語り、登山の魅力を妹に伝えようとした。透子はそんな兄に影響されて、けっきょく山道具をそろえ、翻訳の仕事の合間に登山をするようになった。

兄と同行したことはあまりない。八ヶ岳に二度、富士山に一度、ふたりで登ったきりだ。あとは別々だった。というのも、兄はやはり岩登りが好きで、透子はいわゆるハイキングしかしなかったため、どうしても登山の形態が違ってしまう。

透子はひとりで山を逍遥するのが好きだった。誰かといっしょに行動したり、おしゃべりをしたりというのがどちらかといえば苦手。もとより人嫌いで徒党を組むことに抵抗を感じていた。それゆえ山行の基本はテント泊だったし、山小屋に泊まることはめったになかった。

人嫌いの透子にとって兄はゆいいつの話し相手だった。

その兄がいなくなったことで、胸の真ん中にポッカリと大きな空洞ができた。それを埋めるものは何もなかった。

ふと、膝の上で広げたアルバムの写真の一枚に目が行った。

柾行が伸彦とともに、どこかの居酒屋で飲んでいる。ふたりは酔っ払って肩に手をかけ合い、ふざけている。この写真には覚えがあった。たしか山梨の瑞牆山でボルダリングをしたあとの夜だ。

ふたりの前のテーブルに小さなアーミーナイフが置かれていた。スイス製の五徳ナイフ。赤いプラスチックのハンドルに《M・T》と刻まれたイニシャルがはっきりと読める。

見ているうちに思い出した。

川越伸彦の誕生日、兄は愛用していたナイフを彼に贈った。

このメーカーからはいろいろなタイプのアーミーナイフが発売されているが、中でもこれは稀少な限定品らしく、伸彦にうらやましがられていたという話だった。兄はこれも旅行先のネパールで偶然手に入れたといって喜んでいた。

――刃物をプレゼントすると、お返しに五円玉をもらう習慣があるんだ。縁が切れないって意味でさ。

兄のいった言葉が、ふと脳裡によみがえった。

透子はその写真を食い入るように見つめていたが、あることを思い出し、だしぬけに椅子を引いて立ち上がった。

部屋の片隅に小さな段ボール箱が置いてある。谷川岳で墜落死した兄の遺品が、沼田署から戻されてきた。ひとたびはそれらを検分したものの、いくら遺品を見ても兄が生き返るわけでなし、けっきょくすべて段ボール箱に戻していた。

その記憶の片隅に引っかかっていたものがあった。

まさか――!

段ボール箱の傍にしゃがみ、蓋を開いた。

ジップロックに入っている遺品。その中に、赤いハンドルのアーミーナイフが入っていた。遺品を見ているとき、これに気づいていたはずなのに、なぜか意識を素通りしていた。

透子は震える手でジップロックを開き、そこからナイフを取り出した。

赤いプラスチックのハンドルに、《M・T》と刻まれてあった。

掌に横たえ、透子は何かに憑かれたように、それにじっと見入った。

11

夏実とメイが小太郎尾根を走っていた。

救助犬メイはしきりに地鼻を使いながら登山道をたどり、ときおり足を止めては鼻先を上げて風の匂いを嗅いでいる。

夜明け前から空はどんよりと曇り、今にも雨が降りそうな天気だった。風は穏やかだが空気が明らかに湿っぽい。東の山肌を舐めるようにガスが這い登ってきては稜線を越し、反対側の斜面をのたうつように下りていく。

捜索に同行しているのは深町敬仁と新人、桐原健也である。

白根御池の警備派出所を出て、標高差五百メートルの草すべりの直登を一気に登ってきたというのに、疲れた気配もない桐原のスタミナには驚きだった。

夏実が初めて入隊し、ここを仲間と登ったときは死ぬほどバテて後れを取った。そんなことを繰り返していくうちに、いつしか体が山に馴染み、体力もついて他の隊員たちと肩を並べるまでになったのだ。それに比べ、桐原は天性の能力の持ち主だった。多少はトレーニングをしただろうが、ちょっとやそっとの鍛え方で、夏実たち現役の救助隊員についてこられるはずがない。

行方不明事案での出動だった。

要救助者の名は竹村新五郎。年齢八十四歳。都内在住。

二日前から単独で入山。昨日のうちに下山するはずが帰宅しないため、今朝早くに家族から山梨県警コールセンターに一一〇番通報の電話があり、救助要請。南アルプス署経由で白根御池の警備派出所に出動命令が届いた。

八十四歳という年齢もあるが、何よりも懸念されるのが、当人に軽い認知症の傾向があるという家族からの報告だった。それがゆえ、山で方向感覚を失っての道迷いという可能性がかなりある。もとより頑固な性格だということで、運転免許の返上もせず、今回も家族の心配と警告を振り切っての登山だった。

ただし、さすがに車の運転は止められていたため、甲府駅から山梨交通のバスに乗り、夜叉神峠経由で広河原から入山したと思われる。北岳の主ルートにある五つの山小屋にはすでに連絡が飛び、本人らしき老人が宿泊していないことが判明していた。

捜索は救助犬チームを三つに分けての行動となった。

チームリーダーの進藤諒大は川上犬リキとともに大樺沢方面。関真輝雄と横森一平が同行。神崎静奈とジャーマン・シェパードのバロンは白根御池から広河原方面に下るルート。曾我野誠が同行。そして夏実とメイは深町および新人の桐原健也とともに小太郎尾根である。

小太郎尾根分岐から北岳肩の小屋まで夏実たちは一気に走った。

犬が匂いの痕跡をサーチする元となる臭源があればいいのだが、あいにくと各ポストへの登山届の提出がなかったので本人の動向が不明なうえ、各山小屋にも宿泊していないため、犬に臭跡をたどらせるのは不可能。また厄介なことに、八十四歳という高齢にもかかわらず、かなりの健脚ということで、ゆえに行動範囲が広い。

肩の小屋の前で三人は荷物を下ろした。

深町がトランシーバーで派出所および他の二班と連絡を取っている間、夏実はメイに周囲の匂いを嗅がせてみる。桐原はひとり、夏実たちから離れた場所に立ってふたりをじっと見ていた。

台風が来る前なので、登山道にも山小屋周辺にも、登山者の姿はない。ここまで登ってくる道筋でもほとんど出会わなかった。

肩の小屋の若いスタッフたちが二階の庇（ひさし）の上に立って、雨仕舞いのために窓に板を取り付けている姿が見える。空の高いところを雲がかなりの早さで流れていた。こんな山に老人がひとりでいることを思うと、早く見つけなければと夏実の中に焦（あせ）りの気持ちが噴き出してきた。

交信を終えた深町が振り返る。

「各班とも発見に至らず。目撃者なし。痕跡も見つからないそうだ。それから、派出所からの情報だと台風の接近が予報よりも早まって、今日の夕刻には荒れてくる」

トランシーバーを仕舞い、彼はいった。「このまま山頂まで行ってみよう」

夏実が頷いたとき、ふと視界の隅にある桐原の姿に気づいた。

少し離れた場所にひとりポツンと立っている、その後ろ姿。

「桐原さん、どうしたんですか」

歩み寄ると、彼は後ろ姿のままいった。「〝要救〟は本当にこの山にいるんでしょうか」

「え」

桐原は隣り合う仙丈ヶ岳の方面をじっと見ている。

「認知症の老人は多くの場合、演技性パーソナリティ障害を持っているといわれます」

「つまり……虚言癖？」

「よくあるのが物盗られ妄想とか見捨てられたなどの被害妄想ですが、山に登っていないのに登ったふりという嘘をつくケースも考えられます。要救助者は軽度の認知障害とうかがいましたが、それはあくまでも家族の証言であって、症状がかなり進行している可能性もあります。高齢になったにもかかわらず運転免許を返上しないような頑固な性格ということで、ふと考えてみたんです」

「それはあくまでも可能性のひとつだろう。我々が捜索をしないわけにはいかない」

深町が不機嫌な声を桐原に向けた。

「無駄足にならなきゃいいんですがね」

冷ややかな声に深町の顔が険しくなった。「何だと？」

「深町さん、ちょっと……」

あわてて夏実がふたりの間に割って入った。

「喧嘩してる場合じゃないです。台風が近づいてきてるんですから、早く捜さないと」

我に返った深町が咳払いをし、桐原は変わらぬポーカーフェイスでそっぽを向いた。

そんな様子を地面に伏臥しているメイが長い舌を垂らし、興味深げに見上げている。

12

いかにも台風が近づいているという鉛色の空だった。湿っぽい風がアスファルトを舐めるように吹いて、付近のプラタナスの街路樹をざわざわと揺らしている。歩道を歩く人たちは、心なしか足が速い。

田村透子は早稲田通りの狭い歩道にひとり立ち、行き交う車越しに道路の向かい側を見ていた。そこに少し古い十二階建てのマンションが建っている。十階のいちばん左が川越伸彦が住む部屋だった。

透子は過去、ここに二度ほど来た。マンションの中には入ったことはないが、兄が伸彦といっしょに酒を飲み、終電を逃してしまったと電話があり、夜中に車で迎えに行ったのだ。しとどに酔っ払った兄をマンションの前で軽自動車に乗せ、伸彦に見送られながら去った。

ここに足を向けるべきか躊躇していた。

兄の死についてゆいいつ知っている伸彦から、いくらか話は聞いた。しかし、やはりそれだけでは納得できなかった。何よりもあの葬儀以来、伸彦からの音信がぱったりと途絶えたことが気になっていた。兄とは会社の同僚であり、何よりも気の置けない山仲間だったはずだが、それにしてもと奇異に思う。たったひとり残された遺族である透子に気を遣っているのかもしれないが、あれこれとよからぬことまで考えてしまう。

ずっと心の中で迷いがあったが、やはり伸彦に会うべきだと思った。ちゃんと対面して、兄の死についてすべてを語ってもらおう。

とりわけ、あのスイス・アーミーナイフ。《M・T》と兄のイニシャルが刻まれたそれは、兄から川越伸彦へのプレゼントだったはずだ。それがどうしてまた、兄の遺品の中にあったのか。

とはいえ、こうしてマンションの前にやってくると、なぜだか妙な胸騒ぎがして、自然と足が止まっていた。

マンションの出入口の自動扉が開いた。アロハシャツに細身のジーンズ姿の長身の男性が出てきて、それが伸彦だと気づいた。彼の後ろから、白のTシャツにクロップドパンツ姿のやや小柄な女性。兄から聞いていたが伸彦には婚約者がいたという。おそらくその人だろう。

ふたりがそれぞれヘルメットを持っているのに気づいた。女性をその場に残し、伸彦だけがマンション脇にある屋根付きの駐輪スペースに入っていく。

ぽつんと歩道に残った女性を見ているとき、かすかな車のアイドリング音に気づいた。

後ろを振り向くと、自分がいる同じ側の路肩、路駐パーキングと呼ばれる時間制限の駐車スペースに停まる白い軽ワゴン車があった。よく見れば、運転席の車窓を下ろし、大きな望遠レンズを装着したカメラをかまえているドライバーの姿。ワイシャツを着た男性である。

透子はじっと見つめた。

車内の男はウインドウ越しにカメラをかまえ、通りの反対側を狙っている。そのレンズが向いているのは、伸彦たちが出てきたマンションだった。

やがて仲彦が駐輪場からバイクを押しながら出てきた。彼がフルフェイスのヘルメットをかぶると、女性も慣れた様子で自分でヘルメットを着用する。エンジンをかけたバイクにふたりタンデムでまたがった。女性が仲彦の腰に両手を回し、バイクは勢いよく早稲田通りに飛び出した。そのまま高田馬場駅方面に向かって疾走していく。軽ワゴン車の中の男性は、去って行くバイクのふたりを望遠レンズで狙っている。

透子は動揺し、考えた。

あの事故を追いかけているマスコミの類いだろうか。だったら、こそこそと盗撮の真似事なぞせず、堂々と取材をすればいい。かといって警察や、保険会社の調査員とも思えない。どこか怪しげな、やましさのような雰囲気をまとっていた。

ワゴン車の男は透子の視線を感じたのか、ふとカメラを車内に入れ、フロントガラス越しに彼女を見た。眼鏡をかけた三十代ぐらいの痩せた顔だ。

目が合ったのは一瞬だった。

男は車窓を上げると、ウインカーを点滅させながら車道に車を出した。透子の目の前を、白い車がゆっくりと走り抜け、仲彦たちが去った方角とは反対側——早稲田方面へと走り去っていった。

透子はひとり立ち尽くし、それを見送った。

また湿っぽい風が吹き寄せ、プラタナスの並木を大きく揺らし始めた。


透子は家に戻ると、すぐに兄の部屋に入った。

壁際の机に向かって座り、兄のアルバムを機械的にめくっていた。

傍らに兄の遺品として戻された赤いハンドルのスイス・アーミーナイフを置いたままだった。ときおり、それを取ってはブレードや小さなハサミなどを引き出し、またパチンと音を立てて元通りに戻した。

その都度、ハンドルに刻まれたイニシャルを見つめた。

ナイフなどに興味もなかった透子が、なぜかこれに見入っていた。不思議に引きつけられるものがあった。

何だか急に怖くなり、あえて目を離した。

あの白い軽ワゴン車に乗ってカメラをかまえていた眼鏡の男のイメージがずっと心に張り付いていた。既視感というか、明確に記憶の片隅に残っている。

有名人であるとか、知り合いであるとか、そんな相手ではない。記憶の抽斗(ひきだし)から安易に引き出せるような存在ではなく、しかしながら妙に印象深く憶えている。

考えられるのは兄の関係だった。あるいは川越伸彦。

スタンドの小さな明かりの中、いくつものアルバムを重ねて、ひとつひとつページをめくっていった。あちこちの山で撮影されたものを一枚ずつ食い入るように見ていく。多くの写真に伸彦が写っていた。

しかしいずれの写真にもあの男の姿はなかった。やはり思い違いだったのかと少々焦りながら、透子はアルバムを次々と見ていった。

気がつけば半ば惰性となっていた。早稲田通りで見かけたあの男を捜しているはずが、なぜか兄の顔にばかり目が行く。ふと我に返ってはページを戻して見返す。兄の笑顔が、真顔が、何かを訴えているような気がしてならない。

最後のアルバムを閉じて、透子は頬杖を突き、何もない壁の一点を凝視した。

あれこれと記憶をめぐらせるが、明確に浮かんでくるものがない。

よく、人の名前や地名がぱっと出てこないことがある。あのもどかしさに似ていた。こういうとき、熟考すればするほど、真実は泥の奥深くに潜り込んでいってしまう。だからいったんあっさりと忘れているほうがいい。そのうち、何かの拍子に思いついたり、記憶がよみがえったりするものだ。

椅子を少し回転させた。壁際に兄の遺品が入った段ボール箱がある。

それをじっと見つめ、ふと思い出したように、また机の上に置いていたスイス・アーミーナイフに目を戻した。赤いプラスチックのハンドルに刻まれた《M・T》のイニシャル——。

13

夏実たちが捜索していた竹村新五郎はあっさりと発見された。

南アルプス署地域課から山梨交通に連絡を入れ、当日の朝、彼が乗ったとおぼしきバスの運転手を突き止めたところ、広河原までのチケットを買ったにもかかわらず、夜叉神峠手前の停留所〈山の神〉で降車した老人がいたという証言が取れた。

そこで付近にある温泉宿を当たってみると、竹村新五郎はバス停近くの〈白峰荘〉に連泊していた。署員が急行して事情をうかがうと、やはり本人だった。北岳登山をするつもりだったが、途中で気が変わり、温泉でのんびりしたいと思ったという。

もちろんそうした動向を家にいっさい伝えておらず、そのため家族は捜索願を出したということだった。

まる二日間、山を捜索して見つからなかったため、救助隊は警備派出所でいったん待機していたが、本署から発見の連絡を受けて捜索は終了となった。派出所待機室の壁際に貼られた北岳の地図が剝がされ、各班の動向が記されていたホワイトボードの箇条書きもきれいに消された。

折しも外は雨である。

それもザンザンという音が派出所の屋根や軒から聞こえてくる。ときおり風がガラス窓を叩いてガタガタと揺らし、大粒の雨が無数に筋を引いて流れ落ちている。

夏実が二階から階段を下りてくると、大柄な杉坂が長テーブルに向かって座っていた。各隊員が書いて提出した出動日誌をまとめるのが杉坂副隊長の仕事だ。

「杉坂さん。コーヒーです」

湯気を立てるマグカップを前に置くと、杉坂が顔を上げて笑う。「ありがとう」

夏実は自分のマグを前に置いて、向かい合うように座った。雨音以外、静かな待機室だった。他の隊員たちはそれぞれ自室にいる。昼寝をしたり、てんでに休憩を取っているが、こんな荒天の中でもまれに出動があったりするので、体力を温存するためである。

「ハコ長、明日まで戻られませんね」

雨に叩かれる窓を見ながら夏実がいった。

江草隊長は今回の事案の件と他の用事で下山、南アルプス署に上署中だった。本当は今日じゅうに帰山する予定のはずが、さすがに台風で延期したようだ。かなり大型の台風だが、速度が速く、今夜じゅうには本州を日本海側へと抜けるという予報だ。

「どうした？」

杉坂の声に夏実が振り向いた。

「え」

「妙に暗くなってるようだが」

いわれて軽く唇を噛んだ。テーブルに置いたマグカップを意味もなく見つめていた。

「何だかここの空気が少し変わった気がして」

「あいつのことか」

仕方なく頷いた。

「今回は桐原の見込みが正しかった。それだけのことだ」

昨日、現場から戻ってきて、さっそくひと悶着あった。

江草隊長を交えたミーティングの際、二日間の出動が無駄な捜索だったと桐原がいったため、居合わせた他の隊員たちの顔色が変わった。とりわけキレたのが横森だった。椅子を乱暴に引いて立ち上がった彼を抑えた深町もまた、険悪な表情で桐原のことを見ていた。

「桐原さんって、頭が良くて、体力はあるし、登山のセンスも抜群で、この救助隊にすごく向いた人だと思います。でも、どうしても違和感があるんです」

「チームの調和を乱すということか」

夏実はまた頷く。

「だろうな。俺たちの調和は乱れている。少なくとも、深町と横森はあいつのことが嫌いなようだ。もしかしたら曾我野も」

さすがに副隊長はよく見ていると夏実は感じた。

「しかしそれは決して悪いことじゃない。むしろ刺激になる。そう思ってハコ長は桐原を入隊させたんだろう。我々はこれまで、まるで家族のようにいいチームだった。良すぎたかもしれんな」

「仲がいいことって悪いことなんですか」

「いい悪いの問題じゃない。流れがなければ澱むこともある」

「でも……」

納得できない夏実を、杉坂が見た。「俺たちは家族じゃない。ここは職場だ」

唐突にいわれてギクリとした。

もちろん正論だった。しかしそんな当たり前のことを考えてもみなかった。厳しい任務、ハードな毎日。だからこそ、隊員たちが互いに和気藹々とやっていることで仕事の緊張がほぐれ、仲間意識が高まると思っていた。それは決して間違いではないだろう。しかし、それだけではいけない何かがあったのだ。

ふいに腕を軽く叩かれた。

杉坂が小さく笑っているのを見て夏実が笑みを返した。

14

大型台風が東日本の上空を通過している。

大粒の雨が風とともにアルミサッシの窓を叩き、ときおり激しい音を立てている。

脅迫写真の封書が届いてから十日が経過していた。

伸彦はマンションの部屋でベッドに仰向けになり、天井をにらんでいた。風と雨音が絶え間なく外から聞こえてくる。

体調不良という理由で会社をずっと欠勤していたが、そろそろ出社しなければならなかった。仕事がたまっているし、同僚が心配の電話を毎日のように入れてきた。

比奈子は何度かマンションに来てくれた。事故以来、仲彦が落ち込んでいるため、心配でたまらないという。いっしょに食事をしても会話がおろそかだし、視線が虚ろだと彼女はいう。もちろん山で友を亡くしたことのショックだと思っているだろうし、仲彦はことあるごとにそのことを口にした。

あれ以来、まだ指定口座に振り込んでいない。

怖くはあったが焦りは禁物。脅迫者にとって写真はただひとつの切り札であり、それを暴露というかたちで安易に手放すとは思えなかった。だから、まずは向こうをじらせ、次の出方を見ようと思った。うまく行けば冷静さを失って何かボロを出すかもしれない。

何よりも、一方的に脅迫され、なすすべもなく屈するのは悔しかった。

だから仲彦は相手の特定に日々を費やしていた。

興信所の探偵を雇うことも考えたが、そうすると無関係の第三者をくわえることになり、かえって心配の種が増え、危険も増す。あくまでも自分だけで対処せねばならない。

事実を整理してみた。望遠撮影した写真からこちらの素性が知られたこと。住所をつきとめて脅迫状を送ってきたこと。写真がプロ並みの撮影であることから、おそらくたんなる趣味ではなく、もしかすると撮影を職業にしている可能性もあった。

知人であるか、あるいは端から自分を知っている人間には違いない。

とはいえ、相手が思い浮かばなかった。あれこれと考え、思いをめぐらせ、古い写真ファイルを見たり、学生時代のアルバムをめくったりした。

何を見ても、どう考えても、手がかりすら摑めなかった。

伸彦は次第に焦ってきた。そうこうしているうちに、写真がインターネットやマスコミに公表されるのではないか。そんな気がしてSNSを夜更けまで閲覧したり、エゴサーチをしてしまう。さいわい、それらしきものは見つからなかった。

とはいえ、いつまでも放置しておけるはずがない。

ゆっくりとベッドから上体を起こし、溜息を深くついた。

アルミサッシの窓の外、雨風の音がさらに激しくなっていた。その中で、スマホの呼び出し音が鳴っていることにやっと気づいた。

伸彦はベッドを離れ、壁際の机の上でＬＥＤを緑色に明滅させているスマホを取った。

液晶画面には未登録の知らない電話番号が表示されている。それをじっと見つめた。

呼び出し音は執拗に鳴り続けた。

まさか脅迫者が――と思ったが、わざわざ向こうから電話をかけてきて、自分の情報を洩らすはずがなかった。

少し緊張しながら、彼は指先で画面をタップし、耳に当てた。

「もしもし――」

――田村柾行の妹です。

ああ。と、思わず声が洩れた。

田村透子。少し切れ長の目をした知的な顔を頭に浮かべた。何度か会っているが、最後に見たのは葬儀のときの喪服姿だった。

少し途惑いながらも応答した。

「お葬式の時はろくにご挨拶もできませんで、失礼しました」

――いいんです。ちょっとうかがいたいことがありまして、お電話を差し上げたんですが。

「何でしょう」

――兄が山で亡くなったときのことです。

そういわれて伸彦は動揺したが、心の乱れを声に出さぬよう気をつけた。

「わかることはすべてお話しします」

――兄の遺品の中にスイス製のナイフが入っていました。《M・T》って兄のイニシャルが刻んであるものなんですが、これってたしか、兄があなたに誕生日プレゼントで贈ったものだったと記憶してます。

抑揚のない口調でいわれ、伸彦は思わず体を硬直させていた。

一ノ倉沢衝立岩の岩壁で宙吊りになったとき、ザイルを切断するのに使ったナイフだ。とっさに手が届いたのはそれしかなかったし、都合良く柾行が自分からザイルを切った証拠になると思い、直後にその場からナイフを落としたのである。

フォールした柾行の遺体の傍に、それが落ちているのは当然であった。また、現場を捜査した警察は伸彦の証言通り、柾行がこのナイフを使ってザイルを切ったのだと断定している。素手であれば指紋が残っていただろうが、さいわいクライミング用のグローブをはめていたため、それが伸彦の手にあったとはわからない。

透子がナイフのことを知っていたのは意外だった。

わざわざこうして電話をかけてきたのは、いったいどうしてだろうか。まさか、伸彦が彼女の兄を殺したと疑っている？

心臓の鼓動が高鳴っていた。伸彦はスマホを耳に当てたまま、額の汗を拭った。

「ああ……そうなんです。せっかくお兄さんからいただいたナイフなんですが、そのとき、柾行さんがナイフを忘れてて……だから使ってもらってたんです。それがまさか、あんなことになるなんて――」

声が少し震えたが、仕方なかった。

――そうでしたか。よくわかりました。

淡々とした口調で透子がいった。何だか、こちらが見透かされているような気がして、伸彦は焦った。しかし、嘘が見抜かれるはずがない。そう自分にいい聞かせた。

「本当にお兄さんのことは残念でなりません。あいつ……まさか、自分の身を犠牲にして俺を助けてくれるなんて……」

――兄はあなたのことが好きでしたから。それに、ご結婚なさるんですよね。

伸彦は無意識に奥歯をギリッと噛んでいた。

――いつかそのうち、会って、もう少しお話をうかがえますか？　兄の最後のことをもう少し知りたくて。

「わかりました。いつでもお声をかけてください」

そのとき、風音が激しくなり、窓のサッシが大きく音を立てた。

伸彦は驚いて振り向いた。

ガラスを無数に伝って流れる雨の筋を凝視した。
気がつくと、通話が切れていた。
液晶画面に通話時間が小さく表示されているのを、伸彦は意味もなく凝視した。

第二章

1

台風は夜のうちに本州を抜け、翌朝、北岳上空は嘘（うそ）のように晴れ渡った。

荒天の間、来訪をひかえていた登山者たちがいっせいに山に来るようになり、白根御池小屋の前には色とりどりの登山ウェアをまとった男女がたくさんいた。林の中や御池の畔（ほとり）には無数のテントがひしめき合っている。

警備派出所の正面入口脇のボードに、〈今日の北岳の天気〉と書いた紙を夏実がピン留めしていると、山小屋のほうから大柄なニック・ハロウェイが急ぎ足にやってくる姿が見えた。いつものように赤いバンダナを頭に巻き、《ちょっと北岳にキタだけ～》と書かれたTシャツに短パン姿で、毛むくじゃらの手足を剝（む）き出しにしている。

薄っぺらいデイパックを背負い、足下は軽量なトレランシューズである。

「ヘイ、ナツミ。ハラキリ、おる？」

一瞬、眉根(まゆね)を寄せてから理解した。「桐原さん？　派出所の中にいますけど。どうしたんですか？」

「いっしょに〝山頂ダッシュ〟の約束やねん」

驚いた。

〝山頂ダッシュ〟とは、ここから少し登ったところにある肩の小屋の恒例イベントで、小屋と山頂を全力疾走でどれだけ短時間で往復できるかというハードな競技である。ニックはすっかり常連メンバーとなっていたが、桐原を誘ったのだろうか。たしかに桐原健也は今日が非番扱いで、明日の朝までフリーのはずだった。

「ニックさんって、桐原さんとずいぶんと仲がいいんですね」

夏実が笑う。

「わし、ミスター・スポックみたいなポーカーフェイスのクールガイが好きやねん」

ニックが片手を挙げ、拇指(おやゆび)以外の四つの指を二本ずつ器用に開いて見せたので、夏実は首をかしげた。

出入口のドアが開き、ちょうど桐原が出てきた。ニックと同じようなトレイルランニングの出で立ちだった。

「桐原さん。本当に行くんですか、〝山頂ダッシュ〟」

彼は無表情のまま、頷（うなず）いた。まさにポーカーフェイスのクールガイ。

黙ってニックの隣に並ぶと、ほんの一瞬だけ視線を合わせ、ふたりで草すべり方面に向かって足早に走り始めた。彼らの後ろ姿を見送りながら、夏実がつぶやく。

「〝山頂ダッシュ〟っていって、もう走ってるじゃないですか……」

独りつぶやいたとき、ふたたび派出所のドアが開いて隊員服姿の曾我野が出てきた。

走り去るふたりに気づいて、驚いた顔で見送っている。

「ふたりともどこに行くんすか」

「〝山頂ダッシュ〟してくるって」

あっけにとられた顔の曾我野に、夏実は訊（き）いてみた。

「ところで曾我野さん。これって何のことですか？」

いいながら片手を挙げ、指を二本ずつ開いてみせた。

「バルカン人の挨拶（あいさつ）ですよ」

笑って即答され、夏実は困惑した。「あー、セミみたいな姿をした宇宙人？」

「それはバルタン星人。バルカン人ってのは〈スタートレック〉に出てくる異星人です。名前がミスター・スポック」

「その異星人って、もしかしてポーカーフェイスなの？」

「感情表現ができないっていう設定で、何かと非論理的(イロジカル)って常套句(じょうとうく)を口にするんです」

とたんに夏実が噴き出した。

非論理的――桐原の常套句だった。

2

――川越くん。

後ろから声をかけられ、伸彦は我に返った。

片肘(かたひじ)を突いて職場の事務机に向かったまま、しばし考え込んでいた。肩越しに振り向くと、黒いセルの眼鏡(めがね)をかけた小太りの男が立っている。事業部長の木脇(きわき)だった。

「体は大丈夫なの？」

「ええ。もうすっかり」

真後ろに立たれて伸彦は少し緊張する。

「真山くんが辞めたぶん、仕事が増えてノルマがかかってんじゃないか」

もうすぐ五十になるはずが、声は妙に甲高い。そのギャップになんともいえない不快感があった。真山というのは同じ事業部の同僚だったが、春に辞職している。表立っては依願退職だったが、会社が不況のあおりをくらってのリストラらしかった。同時期に五人が辞職している。

「何とか頑張ります」

「まだ若いんだからさ。無理しちゃダメだよ。きみ」

肉付きのいい両手の指で後ろから両肩を揉まれ、思わず身をすくめてしまった。木脇は前から男性社員へのセクハラの噂があって、できるかぎり敬遠していた。もちろん女子社員からの評判も悪いが、部署での業務成績がいいために上層部からの評価は高い。

「ところで山、まだ登ってんの？」

耳元でいわれ、仲彦はさらに体を硬くする。

「ええ……いちおう」

「もうすぐ松谷くんと結婚するんだからさ。あまり危ないことしないほうがいいよ」

ねちっこくいいながら、執拗に肩を揉み続ける。

「大丈夫です」

ようやく肩から指が離された。伸彦の腕をそっと摑んでから、木脇は踵を返し、オフィスの出口に向かっていく。その太った後ろ姿を見ながら、ふと考えた。

まさか、木脇部長が脅迫者じゃないだろうか。しかし彼がカメラを趣味にしているという話は聞いたことがない。

そのとき、ふと気づいた。

――真山……。

リストラで退職した社員。真山道夫は伸彦や比奈子、田村柾行と同期の入社だった。いっしょに営業部から事業部に転属して働くようになったが、伸彦たちに比べてあきらかに業務成績が悪く、社内の評判はかんばしくなかった。仕事のミスも多かったため、何かと上司から呼び出しを食らい、叱咤される姿が目に付いていた。

しかも伸彦たちのような潑剌とした新入社員というイメージにはほど遠く、暗く、陰湿な感じがつきまとっているおかげで、女子社員たちからも敬遠され、いつもポツンと独りでいた。

伸彦も、真山に対しては敬遠していたし、こっそり嫌がらせをしたり、きつい言葉を投げたことも何度かある。もっともそれは伸彦だけでなく、部内の社員たちも同様で、つまるところ真山は周囲からのハラスメントに遭っていたということだ。

けっきょく入社三年目で、彼は会社を辞めた。

黒縁眼鏡の奥から仲彦を見る、真山の陰気な目が心に浮かんだ。

彼なら、仲彦の住所を知っているはずだった。一度、残業でタクシー帰りになったときに相乗りし、仲彦が先に早稲田通りのマンション前で降車したことがあった。そのとき、車内で少し話をして知ったのだが、真山のゆいいつの趣味が写真だった。ボーナスで高価な望遠レンズを購入したと嬉しそうにいっていた。

もちろん仲彦が登山をすることは社内で知られているが、もしも脅迫者が彼だとしたら、あのときまったく偶然に一ノ倉沢出合にいたことになる。仲彦にとってみれば最悪の偶然である。

仲彦は思い出した。

マンション近くの早稲田通りのパーキングスペースに何度か停まっていた白い軽ワゴン。地味な車だからあまり気にならなかったが、もしかすると――。

昼休みになって、仲彦は経理部で働いている比奈子をスマホで呼び出し、社屋ビル近くの小さなイタリア料理店に入った。

かつてイタ飯ブームだった頃は人気店で、入口の予約名簿に名前を書かされて一時間も待たされたという話だったが、最近はブームも下火で予約なしでもテーブル席に座れる。大通りを往来する車を見ながら、ふたりはコース料理を食べた。

プレートに載った肉をナイフで切り分けていると、ふいに田村柾行の妹、透子から の電話を思い出した。あのスイス・アーミーナイフについて、柾行から誕生日にプレゼントされたことを彼女が知っていたのは予想外だった。その場は言葉で何とかごまかせたと思うが、やはり不安が胸中にあった。

しかし、まずはあの真山だ。あいつのことを探らねば――。

「怖い顔してる」

ふいに向かいから比奈子の声がし、我に返った。

フォークで巻いたパスタを口に入れながら比奈子がいった。「大丈夫？」

「俺、そんなに変顔だった？」

とぼけて返事をすると、比奈子が少し笑った。「最近、よくそんな顔をしてるよ。もしかしてあの事故のこと？」

小さく頷いた。

「あれからずっと引きずってる」

「仕方ないよ。あなたの山友だったんだから。しかも自分を犠牲に……」

じっと仲彦を見て、比奈子は眉をひそめた。「ごめんね」

「いいよ」

無理に作り笑いを浮かべた。「ところで、うちの部にいた真山って憶えてる？」

「真山さん……私たちと同期の入社だった人？」

「そう」

仲彦がいうと、彼女は少し眉をひそめた。

「もちろん憶えてる」

わざとらしく眉を上げ、苦笑した。「たしか春に退職したのよね」

「陰キャラだったからな。上司や同僚からのハラスメントが凄かった」

とりわけ悪い噂は女子社員たちの間に広まるものだ。

「仲彦さんだって、さんざん嫌ってたじゃないの。オタクみたいで気持ち悪いって」

「まあね」

「で、どうしたの」

「実は、社のロッカーから、あいつの私物らしい一眼レフの望遠レンズが見つかってさ。高価なものだし、勝手に捨てるわけにもいかないから送ってやろうと思うんだ。

それで経理部に住所、残ってないかな」

「社員名簿を調べたら、まだ載ってると思うけど？」

「頼むよ」

ふと比奈子が肩をすくめて笑った。「そういえば真山さんって、盗撮マニアって噂だったよね。よく女子社員をカメラで撮影してたし」

「嫌われ者は、退職しても尾ヒレが付くから損だよな」

「仲彦さんも気をつけて」

「俺はこの通り、女子社員からモテモテだから大丈夫」

「ばーか」

比奈子の笑みにつられて笑い、仲彦はふっと真山のことを思った。

「ところで……」

水の入ったグラスを取って飲み、比奈子がいった。「来週は北岳だよ」

頷いた。

「山小屋の予約は取ってあるから大丈夫。あとは当日の天気と、俺たちの体調だ」

「婚前旅行。楽しみね」

「ああ」

いっしょに笑い、それから何気なく、ウインドウの外を行き交う車を見た。

マンション前に駐車していた軽ワゴンのことを思い出した。

3

真山道夫は白いハイゼット・ワゴンの運転席で無意識に貧乏揺すりをしている。

早稲田通りのいつもの場所。路駐パーキングの白枠内に車を停め、パーキングメーターに百円硬貨を三枚投入すると、車の中から斜め向かいに建っているマンションを見上げていた。

傍らの助手席にはシグマの望遠レンズを装着したキヤノンEOSが置いてあった。いくつか望遠レンズは所有しているが、一五〇から六〇〇ミリの超望遠撮影ができるお気に入りのものだ。ボーナスを投入して買った甲斐があった。

ずっと相棒だと思っていた。それが自分にチャンスをくれた。

あの日、あそこにいたのは偶然だった。会社をリストラで解雇され、鬱憤を晴らすため、退職金をにぎって旅行に出た。水上温泉で宿を取り、その足で谷川岳が見える一ノ倉沢に向かった。三脚を立てて写真撮影していると、衝立岩を登攀しているふたりのクライマーの姿が小さく見えていた。

望遠レンズを目いっぱいズームしているとき、たまたま事故が発生した。ひとりが垂壁(すいへき)を落下し、下にいたもうひとりを巻き込んでふたりで落ちた。さいわいザイルが何とか支えたらしく、落下は止まったが、ふたりの姿は文字通り宙吊りだった。

真山は興奮し、夢中でシャッターを切った。

クライマーたちの顔はさすがに遠くてわからなかったが、尋常でないその様子がありありとわかった。見ているうちに、ひとりがナイフでザイルを切断し、もうひとりがそのまま崖下(がけした)へと落ちていった。

一瞬、目を疑った。信じられなかった。

一部始終を真山は連写モードで撮影していた。そのときの興奮と緊張を、今でもよく憶えている。

やがて周囲にいる観光客たちが騒ぎ始めた。双眼鏡で山を見ていたひとりが事故に気づき、やがて他の人々も指差したり、声を上げたりしている。衝立岩で宙吊りになっているクライマーの姿はほんの芥子粒(けしつぶ)ほどに小さかったが、それでも異常なことが起こっているのは素人目(しろうとめ)に見てもありありとわかった。

彼らにはたんなる登山事故にしか見えなかったはずだ。

ゆいいつ真山だけが、超望遠レンズ越しに肉薄するように一部始終を目撃していた。宙吊りになっていた二名のうち、上にいたひとりがナイフでザイルを切ったのである。それがゆえ、もうひとりが落下した。おそらく大地に叩きつけられ、即死だっただろう。

その場で他の人々に告げるべきかと思ったが、やめた。

ここはひとまず自分だけの特ダネにしておく。

テレビや新聞社などのマスコミにこの事実をリークし、証拠写真を渡せば、大スクープになることは間違いない。有名になるだろうし、謝礼も少なからず出るだろう。

それから三十分ぐらいでヘリの音が聞こえ始め、群馬県警の救助ヘリが現場に到着し、機内からホイスト降下した隊員が生き残りのクライマーを救助、落下した遺体も回収していった。

その日のうちに、驚くべきことがまた起こった。

二度目の偶然である。

水上温泉のホテルに戻って客室のテレビを観ていると、谷川岳で発生した登山事故のニュースが流れていた。それを真山は食い入るように見ていた。ふたりのクライマーのうち、亡くなったのは都内在住の田村柾行、二十九歳。もうひとり――生還した男性の名前は川越伸彦、同じく二十九歳。

ともに自分がかつていた会社の同僚の名だった。ふたりが同姓同名の別人であるはずがない。伸彦本人が登山を趣味にしていたことを思い出した。すぐさまインターネットにアクセスし、SNSに本人が書き込んだ谷川岳衝立岩登攀の記事を発見し、興奮に我を失いそうになった。

間違いなかった。あの川越伸彦が、いっしょにクライミングしていた相棒を見捨て、ザイルを切断したのだ。その一連の証拠写真を、真山は一眼レフカメラで肉薄するように撮影していた。

東亜油脂で働いていたとき、同僚だった伸彦からはハラスメントを受けていた。あらぬ噂を社内でまかれ、それがリストラの原因のひとつになったことは事実だ。だから伸彦に対しては深い恨みを抱いていた。

あいつを脅(おど)してやる。

事実を公表し、写真をマスコミに渡せば、伸彦は破滅するだろう。だが、それよりも効率的にあいつを苦しめ、長期にわたって本人から金を搾(しぼ)り取れる。これほど痛快なことはない。

まず不正売買された口座を取得した。事故の写真を数枚、うち一枚の裏に口座情報をプリントアウトし、無記名の封書に入れて川越伸彦の住所に普通郵便で送った。そうして相手の反応を待った。

それから十日待っても二百万円は振り込まれなかった。

あっさりとことが運ばないのは折り込み済みだが、伸彦が脅迫を無視するとは思えず、相手が何を考え、どう出てくるかを考え続けた。最悪なのは警察に届け出られることだが、それはあり得ない。伸彦自身も破滅するからである。写真がフェイクでないことはわかるはずだし、だとすれば、向こうもこちらの出方を待っていると見るべきだ。

それからの毎日、真山の心は大きく揺れ続けた。期待がだんだんと消えていき、苛立ちがつのり、ストレスにつぶされそうになり、眠れぬ夜が続いた。もう一度、脅迫状を出すべきかと思ったが、相手とのコンタクトは最小限にとどめるべきだろう。だとすれば、やはり向こうの出方を待つしかないのか。

そんな日々を送るうち、真山はいても立ってもいられなくなり、伸彦の住むマンションを張り込んだ。彼は社内恋愛をして結婚を控え、婚約者の松谷比奈子といっしょにデートを繰り返していた。その屈託のない笑顔に、あの事故というか事件に根ざした暗い影は見受けられなかった。

だが、川越伸彦は内心、恐れているはずだ。

今の幸せを一瞬にして砕かれる事実を公表しないために、何らかの動きを見せる。

そのときを待つしかなかった。

ふと気づくと、マンション十階の伸彦の部屋のサッシ窓にカーテンがかかっている。

さっきまで開いていたのを思い出したとき、出入口の自動扉が開き、Tシャツ姿の伸彦がひとり出てくるのが見えた。レイバンの細身のサングラスをかけていた。今日はバイクのヘルメットは持っていない。歩いてどこかに外出するようだ。

真山は少し緊張し、身を固くしながら、助手席の一眼レフを取った。

電源を入れ、ズームレンズの焦点を合わせながら、早稲田通りの向かいの歩道を高田馬場駅方面に歩き始める伸彦の横顔に焦点を合わせる。

ジーンズのポケットに片手を入れ、足早に歩く伸彦は片手に持ったスマホを耳に当てていた。誰かと通話をしているのかと思ったとき、だしぬけに車内で携帯の呼び出し音がけたたましく鳴り始めた。

真山は跳び上がりそうになった。

コンソールの上に取り付けたホルダーにはめたiPhoneが震えながら呼び出し音を鳴らし続けている。液晶画面には未登録の携帯の電話番号が表示されている。

しばし緊張しながら見ていた彼は、そっと手を伸ばした。スマホを取って指先でタップし、耳に当てた。

「もしもし……」

少し沈黙があって、低い男の声がした。

——毎日、そんなところから俺を見張って、ご苦労なことだな。

真山は眉根を寄せた。心臓が口から飛び出しそうになった。

通話の相手は川越伸彦だった。

車窓の外を見ると、彼は歩道に足を止め、道の向かい側に停めてある真山の車を見ながら立っていた。片手でスマホを耳に当てたまま、細身のサングラスの顔をこちらに向けている。

「だ、誰ですか」

——とぼけるなよ、真山。あのとき、お前は一ノ倉沢出合にいたんだろ？　そこから衝立岩にいる俺たちの写真を撮影した。しかもお前はそれを脅迫に利用した。

何のことかといおうとしたが、真山は緊張と動揺のあまり喉がつぶれたような気がして声が出なかった。かすかに呼吸音がしただけだ。

——二百万なんて中途半端な値段をふっかけやがって、何度も強請りをかけて金を脅し取るつもりだったんだろ？　真山、何とかいえよ。

唇を震わせながら、彼はかろうじて声を出した。

「は……払う気はあるのか」

――ああ。払ってやる。ただし百万。一度こっきりだ。それで手を打ってもらいたい。

「値切れる立場にあると思うのか」

――莫迦だな。お前だって、もう二度と元に戻れないんだ。

「何だと？」

――俺が支払いを断ったらどうする？　それでお前があの写真を警察に持ち込んだり、世間に公表したりすれば、お前が俺を脅迫したという事実もさらけ出される。強請りはりっぱな罪だ。俺が捕まれば、お前も逮捕される。

「証拠もないのに何をいう。俺が捏造だといえば、お前の負けだ」

――お前は相変わらずの莫迦だな。俺がそんなドジを踏むわけないだろ。この通話は録音してんだぜ。

「録音……」

真山はまた声がつぶれたようになって、何もいい返せずにいた。

——そろそろ理解しろよ。俺たちはもう共犯者なんだ。

「きょ、共犯者……」

そのとおりだと思った。反論もできなかった。

——俺の場合はあくまでも山岳事故だ。あのときザイルを切ったのは、いわば緊急避難だ。自分が生き残るためという動機あってのことだ。しかしお前は明確に悪意を持って他人を脅迫している。たしかに殺人よりは罪が軽いが、実刑は逃れようがないだろう。

真山は息が詰まりそうになりながら、震える手でスマホを耳に当てていた。

——今夜、お前に金を渡す。いいか、俺たちはそれきり縁切れということだ。

「口座に振り込んでくれ」

——よけいな手数料は払いたくないから、現金できっかり百万そろえて渡してやるよ。あとでまた電話を入れる。じゃあな。

唐突に通話が切れた。

道の反対側に立っていた仲彦がスマホをポケットに入れ、足早に歩き出した。

そのまま駅方面に向かってゆくのを、真山は車窓越しにじっと見つめていた。

どうしようもない敗北感が身を包んでいた。

4

山岳救助犬は多くの登山者たちの人気者である。とりわけ犬好きな人々にとって、行方不明の遭難者を発見したり、救助に活躍したりする犬たちの凜々しさ、愛くるしさは格別らしく、トレーニングなどで犬舎の外に引き出すたび、大勢に囲まれることがある。

しかも犬たちの写真撮影をした人々が下山後にSNSなどにアップするものだから、よけい世間にその存在が広まり、中には救助犬目当てにわざわざ北岳にやってくる人もいるほどだ。

八月の晴れ日、夏実と救助犬メイが女性ばかりのパーティに取り巻かれ、あれこれと質問を投げられていた。警察業務の一環として救助活動についての広報も仕事だとわりきって、夏実はテキパキと答えている。

K－9チームリーダーとして責任ある立場の進藤はともかく、静奈はそういう場面が苦手というか嫌いなので、彼女は救助犬バロンを公衆の前にさらすことがほとんどない。そのぶん、夏実とメイが表に出て、おかげで登山雑誌に掲載されたり、たまにテレビ番組で取り上げられたりもする。

メイは天性の明るさを持った犬で、他人と触れ合うことが大好きなのだが、やはり長時間、不特定多数から撫でられたりカメラを向けられたりすると疲れるし、ストレスもたまるようだ。それで登山者たちから離れると犬舎に戻ってたっぷりと水を飲ませ、ときには散歩に連れ出すこともある。

しかしこの夏の登山最盛期、夏実とメイがどこに行っても北岳一帯は人であふれていた。

いつものお気に入りの場所——御池の畔にある大岩に向かってみたが、やはり池の周辺にはびっしりと色とりどりのテントが並び、大岩付近も例外ではなかった。

「今日は仕方ないね。帰ろうか」

足下に停座するメイにそう声をかけたときだった。

すぐ近くのダケカンバの木立の中に、小さな人影がぽつんと座っているのが見えて、夏実は奇異に思った。半ズボンに野球帽といった恰好の子供だった。小学三、四年ぐらいの年齢のようだが、まわりには誰もいない。親や友達らしき姿もなく、たったひとりで膝を立ててそろえ、その膝頭に頰を押しつけながら、ダケカンバの根元に座っているのだった。

寂しげな様子が気になって、夏実はメイとともに歩いて行った。

「どうしたの？」

声をかけると少年は顔を上げた。

夏実を見て、それから足下にいるメイに視線をやった。しかしほとんど表情を変えず、無言のままでまた俯いてしまった。夏実はその場にしゃがみ込み、少年と同じ視線の高さになっていった。

「独りでいるの？」

少年はあえて視線を逸らしたまま、険しい顔をしていた。

そのとき、メイがかすかに「クン」と声を洩らし、少年がふっとまた目をやった。

夏実が笑いながらいった。「メイっていうの。仲良くしてね」

メイをじっと見つめていた少年が、ようやく夏実を見た。

「こんなところに、どうして犬がいるの？」

か細い声だったが、はっきりした言葉だった。

「山岳救助犬なの。行方不明になった人を捜したりするのよ」

夏実が背中をそっとさすってやると、メイが嬉しそうに目を輝かせた。「私は星野夏実、この子のハンドラーで救助隊員。あなたの名は？」

「山中オサム……」

「オサムくんってどういう字？」

「物に心って書くんだ」

「惣くんか。いい名前ね」

少年はメイをずっと見ている。しかしどことなく瞳が暗い。犬好きなのは夏実にもわかるが、何か心の壁があって、そこから抜け出せずにいる。

「いくつ？」

「八歳」

「独りで登ってきたんじゃないよね」

惣は頷いた。少し視線を泳がせてから、いった。

「ママは頂上に行くって……」

「お母さんと来たのに、どうして君だけここに残ってるのかな」

「疲れたっていったら、ここにいろっていわれた」

夏実は愁眉になった。「それで惣くんのお母さんだけがひとりで上に行ったの？」

少年は小さくかぶりを振る。

「浩治さんといっしょだよ」

「コウジさんって……お父さん？　それともご親戚かしら」

惣はまたかすかにかぶりを振った。なぜかつらそうに口をつぐんでいる。

他人の家庭事情を垣間見てしまった気がして、夏実は目をしばたたき、あらぬほうを見てふっと息を洩らした。

近くにある黄色いテントに目が行った。

ふたり用にしては大きいと思っていたが、なるほどもうひとり、大人の男性がいっしょに寝るのであればこの大きさはわかる。が、いかにも安っぽい感じのするドーム型テントだった。しかもドローコードとペグの張りが弱いようで全体に皺が寄っていた。テントポールも中途半端に入っている感じだ。

「あれ、君のところのテント？」

惣が振り向き、黙って頷いた。

「君が立てたの？」

また、頷く。

「うーん。あんな張り方じゃ、風が吹いたりしたら倒れちゃうよ」

メイをその場に停座させ、夏実はゆっくりと立ち上がった。テントの前に行くと惣を手招きした。

「悪いけど、ちょっと手伝ってくれる?」

惣がまた黙って頷いた。

潰れかかっていたテントの中にあったものをすべて外に出し、いったん対のポールを引き抜いた。思った通り、中途半端にしかスリーブに入っていなかったので、きちんと差し込んで立ち上げた。

女性の香水らしい強い匂いがずっとしていて気になった。

おそらく惣の母のものだろう。

夏実はいつも薄化粧だし、山でこんな香気を放っても汗で流れて無意味だから、こういう強い香水の類いはいっさい持っていない。静奈だって同じだった。しかも救助犬のメイは人間よりも遥かに嗅覚が鋭いため、女性の香水は苦手だった。

今も、わざとテントから離れた場所で伏臥して夏実たちを見ている。


夕方になって、白根御池周辺に張られた色とりどりのテントにそれぞれ明かりが灯っていた。標高二二三〇メートルの場所にあるため、真夏とはいえ、風が涼しく、日が落ちると寒さを感じるほどになる。

夏実は警備派出所を出て御池の畔に立ち止まり、左手にある暗い林に目をやった。

薄闇に包まれる木立の間に見え隠れするテントの明かりの中、そこに灯っているはずの光がないことに気づき、夏実はそっと歩いて行く。林の中に足を踏み入れると、やはり真っ暗なテントがひとつあった。

惣とふたりで立て直したテントだった。

夏実はその前に行ってしゃがみ込んだ。

出入口のジッパーが開かれたままで、中が見えている。クシャクシャになった寝袋があり、それを掛け布団のようにして横になっている少年の後頭部がある。相変わらずテントには母親の香水の匂いが残っていた。メイを連れてこなくて良かったと思う。

「惣くん……」

そっと声をかけると、身じろぎをしてこっちを向いた。

薄闇の中から、大きな黒い瞳で夏実を見つめる。まるで仔犬のようだ。

「お母さんたちは？」

しばし間を置いて、惣が小さくかぶりを振った。

夏実は驚いた。「まだ戻らないの？」

惣ははっきりと頷く。

まさか、遭難？　そう思って夏実の胸中に不安が湧く。

「さっき携帯にママから電話があったよ。山小屋に泊まるって」

かすれたような声だった。

「え」

あっけにとられて彼を見つめた。「あなたを置いて、その……浩治さんとふたりで？」

惣がまた頷いた。

「ご飯とかどうしたの？」

「ザックの中にサンドイッチがあったから」

悲しげなか細い声を聞いて、夏実は唇を噛んだ。


救助隊警備派出所の待機室。

長方形のテーブルの一角にポツンと寂しげに座る少年――山中惣の姿を、向かいの椅子から夏実と静奈が見ている。彼の前に四角い平皿と湯飲みが置かれていた。

さすがにサンドイッチだけでは足りなかったようで、夏実が握って出したおむすび三つを、惣は食べた。食べているうちに次第に洟をすすりだし、少し泣いた。すぐに泣き止んで拳で目元を拭い、三つとも食べた。

惣は母の史香、そして彼女の〝連れ合い〟である新崎浩治とともに入山していた。史香は三十四歳。新崎は四十歳だという。ふたりは名古屋市名東区から来ていた。車は奈良田駐車場に置いて、そこからバスで広河原へ。白根御池小屋でテント泊を申し込んでいた。

「今、上の山小屋に問い合わせをしてるからね」

夏実が声をかけたが、惣はじっとうなだれて顔も上げない。

こんな子をあっけらかんと放置できてしまう親に腹立たしさを感じたが、あえて感情を抑え込んだ。民事不介入が警察の原則。

ふいに壁際の無線機が雑音を発した。

――こちら北岳山荘、栗原です。救助隊警備派出所、取れますか？

特徴のある男の声。北岳山荘の古参スタッフのひとり、栗原幹哉だった。

素早く静奈が立ち上がり、駆け寄ってマイクを取った。

「警備派出所、神崎です。栗原くん、どう？」

――お問い合わせのふたり、たしかに宿泊されてます。予約もなかったのに受付のときにしつこく個室を要求されて、さすがにお断りしましたが。

「惣くんのことはなんて？」

――それが……。

――お子さんの話をしたら、最初は知らないといわれて……。

いい澱んだ。

マイクを持つ静奈の横顔が一瞬、怒りに彩られたが、すぐに平静に戻った。

「で、しらを切ったまま？」

――けっきょく認めましたが、あの子は放っておけばいいの一点張りです。

「最悪」

――うちとしてはどうすることもできませんし、今夜はこのまま宿泊していただいて、明日はなるべく早めに送り出すつもりです。あと、よけいなことかもしれませんが、山中さんのお連れの男性、ちょっとガラが悪いです。さっきも、他のお客様とトラブルになって、何とかスタッフで喧嘩を止めたんですけどね。

静奈が険しい顔をした。

「あまりひどいようだったら、そっちに行くから、連絡をよろしく」

――ありがとうございます。

交信を終えて、静奈が長い溜息を洩らした。

夏実は目の前でうなだれる惣を見た。胸塞がれるような気持ちになり、何と声をかけていいかわからない。

「ね。浩治さんって、どんな人？」

惣は俯いたまま、口をすぼめている。やがていいにくそうにこう話した。

「ぼく、浩治さんが怖い。だから、本当はここに来たくなかった」

夏実は思わず静奈と目を合わせた。

「君。浩治さんに何かされたことあるの？」

夏実をちらと見て、頷いた。「何回か、殴られた」

「お母さん、それを知ってるの？」

「ママの前だった」

そういったきり、惣は眉根を寄せて横を向いてしまった。

静奈が腕組みをして唇を嚙んでいた。

「どうする？　夏実。この子、テントで独りにさせるのも気がかりだし」

「今夜は私たちの部屋に寝てもらうってのは」

彼女が夏実を見た。「女子部屋に？」

「いちおう……まだ八歳ですから」

そういって夏実は笑い、肩をすぼめた。

5

台風が去って三日間。東京上空はずっと晴れ渡っていた。

東の空に入道雲が高く積み重なるように立ち昇り、ときおりかすかに遠雷が聞こえてくることもあるが、雨はまったく降らなかった。気温は連日三十五度を突破し、人々は空調の効いた建物の中や地下街に逃げ込んでいた。

夜になっても暑さは去らず、昼間の熱気の残滓(ざんし)がアスファルトやコンクリからゆらゆらと湧いて空気を蒸し、熱帯夜となっていた。

真山は停車中の軽ワゴン車の運転席で貧乏揺すりをしていた。

車載のデジタル時計を見ると、時刻は約束の時間である夜中の一時をとうに回っている。

都内杉並(すぎなみ)区、善福寺(ぜんぷくじ)川の畔にある緑地帯の一角。夕方に川越伸彦から電話があり、金を持ってくるから待っていろといわれた。その指定の場所がここだった。

エンジンをかけっぱなしでアイドリングさせながらカーエアコンを最大出力にしているが、冷媒が減っているせいか、車内の空気がちっとも冷えない。いっそ窓を開けたほうがましではないか。そんなことを思いながら、ハンカチで額の汗を拭った。

さすがにこんな時間だと、公園に人けがほとんどない。ポツンと明かりを灯す街灯が木立の中にいくつかあり、ごくたまにジョギングをする人たちの影がゆっくりと目の前を行き過ぎるぐらいだ。

思い切って車窓を下ろすと、むわっと湿っぽい熱気とともに、近くを流れる善福寺川の瀬音がかすかに聞こえてきた。

〈メビウス〉のパッケージを胸ポケットから取り出し、一本くわえた。ライターで火を点け、煙を吸って吐く。紫煙がたゆたいながら車窓から抜け出していくのを見ているうち、少し苛立ちが収まってきた。

それにしても遅刻とは許しがたい。

川越伸彦のことを思って、また憎さがつのってきた。

共犯関係――電話でいわれたときはショックだった。反論もできなかったし、認めざるを得なかった。脅迫という手段を使って悪に手を染めた瞬間から、自分自身も犯罪者になったのだから。

同じ会社にいたときから、伸彦はいつだって真山を見下していた。
同僚の前で平然と罵倒し、恥を掻かされることも何度かあった。身に覚えのない、あらぬ噂をまかれたりもした。たしかに能力の差異はあった。出身大学からして違っていた。業務成績でもどんどん差を付けられた。その上、伸彦はモデルにスカウトされるほどの美男子であるが、自分は野暮ったいキャラで、凡庸以下の人間だった。

会社側もそれをわかっていて、だからこそ真山は真っ先にリストラの対象となった。

そんな屈辱にずっと耐えてきた自分にとって、これは絶好の復讐の機会になるはずだった——。

気がつくと、指の間で煙草を折り曲げていた。

舌打ちをして車外に投げ捨てた。暗闇の中にかすかな赤い火の粉を散らし、それは見えなくなった。

その手をズボンのポケットに入れ、中に入れていたフォールディングナイフを引っ張り出した。百円均一ショップで買った安物だが、刃渡りが二十センチぐらいあって武器にはちょうど良かった。ブレードを引き出すと、カチッとかすかな音がしてロックがかかる。じっとナイフを見ているうちに、心臓が高鳴ってきた。

端金を一度きり受け取って、それで引き下がるつもりはなかった。

主導権はこちらにある。それを示さねばならない。場合によっては、これがただの脅しの道具ではないことをわからせてやる。

――真山。

突然、名を呼ばれ、驚いた。

車窓から顔を出し、闇に目をこらした。しかし暗い公園の木立に誰も見えない。

緊張しながら耳をすませた。気のせいだったのか。

ナイフを左手に持ち替え、右手でドアロックを解錠して開けた。そっと車外に降り立ち、車のドアをバタンと閉める。

眉根を寄せながら周囲に目をやった。

草叢（くさむら）から虫がすだくかすかな声が聞こえてくる。どこか遠くで救急車のサイレンが続いていた。

「川越か。いるのか……？」

そっと声をかけたとき、背後に小砂利を踏む音がした。

驚いて振り返ったとたん、左胸に激しい痛みを感じた。同時に目の前に立つ人影に気づいた。外灯の淡い光の中、闇に浮かぶように浮き出して見えた。

見覚えのある青いフルフェイスのヘルメットをかぶった男だった。黒っぽいTシャツにブラックジーンズ。その右手がこちらに伸ばされ、小刻みに震えているのが見えた。

川越伸彦だとわかった。

「お前……」

よろりと二、三歩、後退り(あとずさ)ながら、真山は自分の胸に刺さったものを見下ろした。自分が握っているものよりも刃渡りの長いナイフだった。ブレードの背にセレーションというギザギザの刻みがあるサバイバルナイフだ。傷口から血が細長く噴出し、路面に雨のような音を立てて落ちている。

真山の脱力した左手から小さなナイフが落ち、足下で金属音を立てた。糸が切れたようにその場に両膝を落とし、横向きにどっと倒れた。

激しい寒気をおぼえ、急速に意識が薄らいできた。フルフェイスのヘルメットをかぶった川越伸彦らしい男は、茫然(ぼうぜん)とした様子でその場に突っ立っている。その手がまだ震えている。

もう一度、彼の名を呼ぼうとした。

声が出なかった。

伸彦は棒立ちになっていた。

ブルブルと震える自分の両手をギュッと握りしめた。長距離走を走り抜けたように、荒く息をついていた。

　フルフェイスのヘルメットを両手で苦労して取り去った。髪の毛が汗でびしょ濡れになっていた。満面に汗の粒が浮かび、顎下からポタポタと足下にしたたった。この場にへたり込みそうになり、かろうじて堪えた。

　自分がやったことが信じられなかった。

　ザイルを切って柾行をフォールさせたときとは明らかに違う。これは計画的な殺人であり、明確な殺意による行動だ。事前に冷静になろうとしていたが、やはり無理だった。無我夢中というか、真山を刺した瞬間は記憶が完全に飛んでいた。

　それでも失敗はしなかった。

　目の前には仰向けに倒れた真山の姿。アスファルトの上で胎児のような恰好で横倒しになっている彼は、すでに息をしていない。薄目を開け、口も半開きにしている。そのうつろな表情が公園の外灯の光の中にぼんやりと見えている。

　ようやく呼吸が落ち着いてきた。心臓はまだ早鐘のように胸郭を打っている。

　口を開いたままであることに気づいて閉じると、今度は奥歯がガチガチと鳴り始めた。前屈みの姿勢になり、片手で口を覆って必死にそれを止めた。喉がカラカラに渇いていたが、水が欲しいとは思わなかった。

自分の口を片手で覆ったまま、周囲を見渡した。誰も目撃者がいないことを確かめ、「大丈夫だ」とかすれ声でつぶやいた。そう、大丈夫。すべて計画通りだ。

ジーンズのポケットからビニール手袋を抜き出し、震える両手にはめた。

震える足を運び、真山のところに近寄った。死体の下からあふれた血が、アスファルトにたまりとなって広がっていた。自分のシャツを見下ろした。両手も見た。さいわい返り血は浴びていない。きっと相手を刺した瞬間、無意識に飛びすさっていたのだろう。

伸彦にはまだやらねばならないことがあった。

もう後戻りはできないのだ。

尻ポケットからマグライトを引っ張り出した。ヘッドをひねり、ＬＥＤの白い明かりを灯した。抱えていたヘルメットを路上に置くと、死体の上にかがみ込み、強引に仰向けにした。ブレードの半ばまでシャツの胸に埋まった登山ナイフの柄を逆手に握った。震えを抑え、引き抜こうとしたが、ビニール手袋が滑る上、肉が締まって抵抗があり、まったく動かない。

仕方なく真山の胸にスニーカーの足を乗せ、弾みを付けて勢いよく抜いたとたん、思わぬ血しぶきが飛んで顔にかかった。

伸彦はよろけて尻餅をつき、悲鳴を洩らした。

右手に持っていたマグライトが転げていった。

何とか立ち上がると、血濡れたナイフを革シースに戻し、ジーンズの後ろに差し込んだ。離れた場所に落ちていたマグライトを見つけた。灯った光がアスファルトを扇型に照らしたままだった。それを拾って握ると、ふたたびかがみ込み、ライトの明かりの中で死体の衣服をあらためた。

ズボンのポケットから革財布を見つけて引っ張り出し、中身を検分した。免許証にクレジットカード、キャッシュカードなど。現金は千円札が三枚入っているだけだったが、ぜんぶ抜いて財布を投げ捨てた。小銭もそこらにまき散らしておいた。

次にもう一方のポケットから、Android のスマートフォンを見つけた。伸彦との通話記録が残されているため、持ち去らねばならない。

軽ワゴン車に行き、運転席のドアを開いた。車内灯に照らされた助手席にキヤノンの一眼レフカメラとともに、小さなポシェットが置かれているのを見つけた。ジッパーを開くと、カギ束が中に入っていた。車内に他の荷物は見当たらなかった。

カメラを起動させ、写真データを液晶表示させて驚いた。伸彦のマンションの写真が大量に撮影されていた。窓越しの伸彦や比奈子と表通りを歩く姿。ふたりでヘルメットをかぶり、バイクに乗ったときの写真もあった。

盗撮マニアだったという噂を立証するような、さまざまな女性の写真が大量にある中、ようやくあの衝立岩の写真を見つけた。すべてカメラに差し込んだSDカードに記録されており、内部ストレージにはなかったため、カードだけを持ち去ることにしてカメラは残しておいた。

ワゴン車の外に出て、そっとドアを閉めた。

今一度、周囲を確認し、人の気配もないのを知って安心する。

ようやく心が落ち着いてきた。まだ手がブルブルと震えているが仕方ない。

もどかしくビニール手袋を脱いでクシャクシャに丸め、ズボンのポケットに突っ込んでから、路上に置いていたヘルメットを拾って、ひっそりと夜の公園を歩き出した。

少し離れた場所に、二〇〇ccのヤマハのバイクを置いていた。

荷台にくくりつけていた四十リットルの登山用ザックを引っ張り出し、SDカードやマグライト、凶器に使ったナイフをそこに入れ、また縛り付けた。持っていたヘルメットをかぶるとバイクのエンジンをかけ、熱帯夜の熱い空気を突いて走り出した。

真山道夫の住所はわかっていたので、伸彦はバイクで夜道を走り、そこに向かった。

前から後ろに連続して飛びすさる道路際の外灯の下を疾走しながら、伸彦の心は次第に落ち着きを取り戻していた。

人を殺した。それもふたり。

しかしなぜか実感がなかった。すべてが夢の中の出来事のように思えた。

真山のアパートは西荻窪（にしおぎくぼ）。ＪＲ中央線の駅から徒歩で十五分ぐらいの場所にあった。住宅地の中にある木造モルタル二階建ての古い建物だった。

伸彦はその少し手前でバイクを停めて降り、エンジンを切ってから、そっと車体を押して歩いた。錆（さ）び付いた外階段の上り口に〈長栄荘（ちょうえいそう）〉と看板があった。

アパートのすぐ前でバイクのスタンドを立てて、真山の部屋を確かめた。一階のいちばん階段寄りのドアに小さな表札がある。深夜二時をまわっていたので、アパートのどの部屋も明かりはなく、しんと静まり返っていた。

バイクの荷台にくくりつけていた登山ザックを取り出し、新しいビニール手袋をはめた。真山の車内から見つけたカギ束を手にしてドアに近づき、ゆっくりと解錠した。

独り暮らしだとは思ったが、やはり緊張しながらライトでドアの向こうを照らす。

むっとむせかえるような湿っぽい部屋。煙草のヤニの臭い。ライトの光輪の中に見えるのは、いかにもだらしない独身男の部屋といったモノの散らかりようだった。

カーテンと窓を開けるわけにもいかず、伸彦は我慢をしながら真山の部屋を家捜しした。机の上にあるノートパソコン。外付けの記録媒体であるＳＳＤ。サブ機に使っているらしいiPad。小物入れの抽斗(ひきだし)を開け閉めして、そこにいくつかのＵＳＢを見つけた。ブックスタンドに大量に突っ込んであるクリアファイルにはプリントアウトした写真がたくさんあり、その中にあの一ノ倉沢衝立岩の写真も多く見つかった。

伸彦はそれらをザックに入れた。ＵＳＢもすべてあらためるわけにはいかないため、ノートパソコン、ＳＳＤとともに一切合切持ち出すことにする。写真データがインターネットのクラウドに保存されている可能性もあるが、本人が死んだ今、誰もそこにアクセスできないはずだ。

アパートの部屋のドアをそっと開き、外の様子をうかがってから、ゆっくりとドアを閉じた。カギは部屋の中に残しておいたので、施錠をせず、停めていたバイクの荷台に荷物を縛り付ける。

ビニール手袋を脱いでエンジンをかけ、伸彦はバイクを走らせた。

生ぬるい夜風を切って走るうち、いつしか心が冷え切っているのに気づいた。

6

午前四時半に起床した夏実は、静奈とともに真っ暗な中で隊員服に着替え、小さな明かりを点けて鏡の前でメイクをした。

女子部屋は二段ベッドがふたつあるので、そのうちひとつに山中惣が寝ていた。カーテンの中から寝息が聞こえるのを確かめ、彼を起こさないように夏実たちはそっと部屋を出た。派出所裏の犬舎に向かうと、ちょうどK－9チームリーダーの進藤諒大が川上犬リキとともに犬舎から出てきたところだった。

「おはようございます」

ふたりで彼に挨拶をした。

夏実はボーダー・コリーのメイ、静奈はジャーマン・シェパードのバロンをそれぞれ犬舎から引き出し、リキに並んで停座させた。

薄闇の中に犬たちが居並ぶ。

時刻は五時。ちょうど日の出の時刻で空が明るくなり始めていた。

進藤のホイッスルの号令で、伏臥したり、お座りの姿勢になっていた三頭の犬たちが同時にサッと四肢で立つ。いつものように脚側行進からの基本訓練を開始する。スラロームやハードル、平均台、トンネルくぐりなど。

アジリティは人と犬とが息を合わせて競技するドッグスポーツだが、ハンドラーとの主従関係を維持するためにも必要不可欠なものだ。また、足場の悪い山岳において、犬たちが自在に行動できる能力を向上させるにも最適とされている。

ハイシーズン以外はもっと遅い時間に行うこの訓練だが、登山客が多いサマーシーズンはどうしてもこんな時間になる。もっとも早立ちする登山者も少なからずいるため、救助犬の訓練はいやでも好奇の目にさらされることになるが。

午前六時を過ぎて、基本訓練のメニューをひと通り終えると、夏実たちはそれぞれの犬にたっぷりと水を飲ませる。餌は少々。ふつうペット犬なら一日一食から二食が多いが、山岳救助犬は小分けに餌を与えねばならず、一日五回の給餌が基本となっている。というのも、腹いっぱい食べたあとで出動が入ると、山を走るという急激な運動で犬が胃捻転を起こすことがあるためだ。

メイたちにはもうしわけなく思うが、かれらはすっかりその食生活に慣れている。

犬たちの食餌タイムが終わり、犬舎に戻す時間になった頃、惣が起きてきた。寝ぼけ眼で近くに所在なさげにポツンと立っているのに気づいた。夏実はメイといっしょに歩いて行き、声をかけた。

「惣くん、おはよう」

少年は少し照れたように眉を寄せ、小さな声でいった。「おはよう」

メイがお座りの姿勢になって舌を垂らしながら惣を見上げた。

「触っていい？」

「どうぞ」

夏実に許可をもらい、惣がそろりとメイの頭に触れた。

「犬を触るときは顎の下ね。この子は大丈夫だけど、犬によっては頭に手を伸ばすと緊張する子がいるから」

惣はメイの顎下を撫でた。メイはじっとして目を細めている。

「お母さんたち。今日、こっちに戻ってくるからね」

とたんに惣の表情が暗くなった。夏実は失言した気がして、そっと唇を噛んだ。

どうやって言葉で取り繕おうかと思っていると、惣が淀みながら小声でいった。

「……ママがぼくをここに連れてきたのは、パパに対するいいわけなんだ」

「え」

夏実は驚き、惣の顔を見つめる。「どういうこと？」

「本当はぼく、パパと暮らしたかった」

泣きそうな様子で俯く惣を見て、夏実は両膝を地面に落とした。

惣の母親が父親ではない別の男性と息子を連れて山に来ている。そのことで、なんとなく家庭事情を想像していた。おそらく両親は離婚し、母親は別の男性と親しくなっている。あるいはいっしょに暮らしているのかもしれない。

「どうしてお父さんといられないの？」

惣の顔がさらに暗さを増した。口を引き締めて耐えている。

午前九時。

捜索や救助活動の出動が飛び込んでこないため、定刻のミーティングとなった。いつもの報告や、ハコ長、副隊長からの通達などがあってから、解散、自由行動となる。が、今日ばかりは会が終わってからも、待機室のテーブルを囲んで、あの山中惣という少年の話になった。

本人は救助隊のメンバーとともに朝食をとってから、林の中のテントに戻っていった。今はまたひとりで母たちの帰りを待っている。

「子供の言葉だからはっきりとはいえないんですけど、どうやら離婚の原因って母親の浮気だったようなんです」

　少年から聞いたことを夏実が話した。「惣くん、本当はお父さんと暮らしたいって思ってるそうです。でも、お母さんが手放したがらないみたいです」

「どうして？」と、静奈が顔をしかめて訊く。

「あちらの家庭の事情はよくわかりませんが、父親のほうから強くいえない理由があるみたい。でも、惣くんをわざわざ北岳に連れてきたのは、別れたお父さんに対するいいわけだって、あの子自身がいってました。その言葉がやっぱり気になって……」

「そのいっしょにいた男性って、きっと母親の浮気相手よね」

「ええ。たぶん」

「しかも母親の前で八歳の男の子に暴力をふるった」

「そう」

「我が子を独りテントに置き去りにし、そんな男とふたりで登頂して別の山小屋に泊まるぐらいだから、親の愛情なんてこれっぽっちもないのよ」

　静奈の声が怒りに満ちている。

　その場にいる全員が渋面をそろえ、しばし声もなかった。

「けしからんな」

沈黙を破ったのは横森だった。「子供にそんな仕打ちをする親が、それも母親が、どこの世界にいるっていうんだ」

「気持ちはわかるけど、いい加減な親って実際たくさんいますからね。虐待(ネグレクト)は当たり前にあるし、我が子を車の中に残してパチンコに夢中になって熱中症で亡くしたり、〈コインロッカー・ベイビーズ〉なんて小説もあったぐらいで、自分のお腹を痛めたからって、母親が皆、聖母じゃないってことでしょう」

曾我野の言葉に鼻腔(びこう)を広げ、横森が憤然とテーブルを拳で殴る。

「だけどな……」しかし、あとの言葉が続かない。

「われわれにやれることはありません。警察としては民事不介入を貫くべきです」

桐原だった。いつもの冷ややかな双眸(そうぼう)。しかしその視線はどこも見ていない。

夏実は思わず隣に座る深町に目をやった。向かいに座る桐原を見る彼の横顔が少しこわばっていた。

「ここは町場じゃなく山だ。いくら警察官でも、非常識な母親を少し説教するぐらいいいんじゃないか」

横森が低い声を洩らした。

「それで名誉毀損(きそん)で訴えられでもしたら、われわれに勝ち目はありませんよ」

あくまでも抑揚のない声で桐原がいう。「のみならず、世間のいい笑いものになります」

「ハコ長はどう思われますか」

杉坂副隊長にふられ、江草はテーブルに片肘を突き、いつもの癖で自分の顎鬚を撫でながら静かにいった。

「目の前であからさまな暴力行為でもあれば別ですが、この場は優しく見守ってあげましょう。われわれの仕事はあの子を無事に下山させることです」

目尻に皺を刻んだ江草の顔を夏実は見つめ、それから力なく俯いた。

「以上だ。全員、別命あるまで待機とする」

杉坂副隊長の締めの言葉で解散となった。

7

「心臓付近を鋭利な刃物でひと突きだな」

白手袋をはめた大柴哲孝が、遠目で現場を見ながらいった。

警視庁阿佐ヶ谷署刑事課の同僚、真鍋裕之が隣に立っていた。

「強盗でしょうか」

早朝から三十五度にもなる暑さの中、こぎれいなサマースーツ姿なのは次回の昇任試験を狙って心証を良くしようという努力のようだ。

「正面から刺しているところから顔見知りの可能性もあるが、殺害されたのが深夜のようだし、財布から現金が抜き取られてるからな」

汗ばんだよれよれのワイシャツに引っかけたネクタイをゆるめながら、大柴がつぶやく。

木漏れ日の中、シャッター音が何度も続いている。

ついさっきまで初動捜査をしていた機動捜査隊員たちに代わって、本庁の刑事たちが物々しい様子で現場に入り、鑑識課員らが辺りをくまなく探り始めたところだった。大柴たちはあくまでも事件現場の所轄の刑事であり、こうした重要案件にかぎっては立ち入ることもできず、現場維持という名目でこうして黄色い規制線のテープの外から傍観しているだけだ。

場所は善福寺川緑地にある路上。

被害者の男性は仰向けに倒れ、その死体の下から流れた大量の血がアスファルトにたまりを作って乾いていた。死体の傍には本人のものらしい財布が落ちて、クレジットカードや免許証、小銭などが広範囲にばらけている。財布から札だけが抜き取られたのか、一枚も入っていなかった。

「いずれにせよ、久しぶりにうちの署に帳場（捜査本部）が立つ案件だ」

「署長のおべっかを使う顔が思い浮かびます」

苦笑いする真鍋を見て、大柴は頰を歪めた。

中杉通りと青梅街道が交差する近くにある阿佐ヶ谷署の大会議室。

〈善福寺川緑地殺人事件〉

そう戒名が書かれた看板が戸口にかけられた捜査本部が設置され、警視庁、阿佐ヶ谷署の大勢の捜査員が集って午前十一時から会議がスタートした。本庁から出向した若い管理官が進行をし、事件のあらましと現場の状況が伝えられ、各捜査員による地取り（聞き込み）、鑑識の結果などが次々と報告される。

推定犯行時刻は午前一時から二時の間。目撃者は皆無。午前五時過ぎにジョギング中の若い男性が路上に倒れている被害者を発見し、携帯で通報してきた。

死因は大量出血によるショック死。刃渡りの長い、鋭利なナイフか包丁による心臓への刺傷で、現場にはおびただしい流血痕があり、被害者はほぼ即死状態だったと思われる。

路上に落ちていた財布から札だけが抜き取られ、小銭やカード類は付近に散乱していた。また携帯電話、スマートフォンの類いは確認できなかった。

被害者の姓名は真山道夫、二十九歳。独身。

今年の春まで京橋にある東亜油脂という商社に勤めていたが退職。現在は無職で、失業保険をもらっていた。犯行現場近くには本人が所有する軽自動車、ハイゼット・ワゴンが停められ、エンジンがかかったままだった。

真山の住所は杉並区今川二丁目の住宅地。〈長栄荘〉という木造モルタルの古いアパートの一階で、部屋の中がひどく荒らされた形跡はなかったが、ドアが施錠されておらず、部屋のカギが屋内で発見されている。

近所の住民が真夜中にバイクのエンジン音を聞いたという証言をしており、それを元に現場を調べると、新しいタイヤ痕が路上にかすかに残っていた。また、善福寺川緑地の現場近くでも、同じバイクのものと思われるタイヤ痕が発見されている。

軽ワゴンの車内には真山のものと見られるキヤノンの一眼レフカメラがあったが、SDカードがなかった。また彼の部屋からパソコンがなくなっていたようだ。机の上にノートパソコンを設置していた痕跡があったが、マウスやキイボードなどはあったのに本体がなくなっていた。また、外付けの記録媒体の類いもいっさい見つからなかったという。

本人は財布から札を抜き取られていたようだが、携帯の類いもなかったことが注目された。もちろん犯人が横流しをするためという可能性もあるが、何らかの証拠隠滅で持ち去った可能性も否定できない。

そうした事実から、物盗りの犯行に見せかけた顔見知りの殺害説が浮上してきた。公園とアパート周辺の聞き込み、さらに被害者の周辺を精緻に捜査する。以上が第一回会議の内容だった。

捜査員たちが三々五々と会議室を出て行くと、後列端に座っていた大柴はのろのろと立ち上がり、階段を使って一階フロアに下りてから、署の外に出た。どうせ所轄の自分は捜査の一線には参加できないため、当面することがない。

早めの昼飯でも食いに行くかと、青梅街道の歩道を歩き出す。

それにしても暑い夏だった。

汗に濡れた顔をハンカチで拭きながら歩き続け、大柴はふと夢想した。

——今頃、北岳には涼しい風が吹いているんだろうな。

実は一度も訪れたことのない三千メートルの山のことを考え、彼女の面影を心にたどっていた。

8

新宿駅東口のテナントビル。その地下一階にある喫茶店で、川越伸彦は田村透子と向かい合わせに座っていた。テーブルにはそれぞれアイスコーヒーと水が入ったグラスが置かれている。

昼前という時刻。広いフロアのテーブル席はどこも客でいっぱいだった。

店内はエアコンが鳥肌が立つほどに効いていて、Tシャツ一枚の伸彦は肩をすくめたくなったが、あえて我慢していた。対する透子はいかにも涼しげな薄手の芥子色（からしいろ）のワンピース姿で、首にネックレスを巻いている。少し茶色に染めたセミロングのヘアスタイル。色の濃いセルのサングラスをかけていて、独特の涼やかな目は見えなかった。

「最初に落ちたのは兄のほうだったんですね」

彫像のように微動だにしないまま、透子がいった。その抑揚のない乾いた声に途惑（とまど）いながら、伸彦は返す言葉を選んだ。

「はい。俺と柾行は交互にピッチを切って登ってました。柾行がリードになって登る途中、足場が崩れたんだと思います。落ちてきたあいつがぶつかって、俺もいっしょにフォールしました」

　あがり症がしゃべるように声が少し震えたが、かまわなかった。

「それでふたりで宙吊りに……」

「俺が上で、柾行が少し下のほうにぶら下がっていました。直径九・八ミリのザイルでしたが、フランスのペツルっていう信頼できるメーカー製だし、購入して間もない新品だったので擦れて切れる心配はなかった。ところがクラックなどに打ち込んでいたハーケンがことごとく抜けて、たまたまザイルのトップにかけていたカラビナが岩の間に引っかかって、それでかろうじて自分たちを支えていました。ふたりぶんの重量がその一点にかかっていたんです。あのままだと抜け落ちるのは時間の問題でした」

「だから……兄が……」

　仲彦は眉間に深く皺を刻み、彼女から目を逸らした。

「先に逝ってすまないと妹に伝えてくれ——それが、兄が私に残した最後の言葉だったとうかがいました」

「ええ。あのとき……柾行はそういいました」

仲彦は苦しげな声で言葉を押し出す。「あいつを止める余裕はありませんでした。躊躇(ちゅうちょ)もない様子で柾行はナイフで……」

警察にも、新聞や雑誌のマスコミにも、同じ言葉を告げた。何度もこうして繰り返しているうちに、不思議にそれが真実のような気がしてくるものだ。あのとき、柾行がそういいのこし、あのスイス・アーミーナイフで自らザイルを切断し、虚空に吸い込まれるように落ちていった。実際にそれを目撃したような気がして、ふと目頭が熱くなった。

少し洟をすすり、口を引き結ぶ仲彦を、透子がサングラス越しにじっと見ている。

「よくわかりました」

仲彦はうなだれた。

「お力になれなくてすみません」

「クライミングはもうやめるとおっしゃいましたけど?」

小さく頷いた。

「あいつに救ってもらった命です。これ以上、山で自分を危険にさらしたら、きっと柾行に恨まれます。今後は岩登りじゃなくふつうの登山をするつもりです」

「登山？」

「ええ。明日から三日ほど、南アルプスの北岳に行きます。気晴らしというか、柾行の慰霊のつもりで」

「おひとりですか」

「社内の同僚の女性といっしょです」

「そういえば、ご結婚なさるんですよね」

唐突にいわれ、彼女を見つめた。「ええ」

「おめでとうございます」

伸彦は応えられず、また俯いた。

「最後にひとつだけうかがいたいのですが」

ゆっくりと顔を上げ、透子を見た。「何でしょう」

彼女は傍らに置いていた茶色いコーチのトートバッグを取り、中から取り出したものをそっとテーブルに置いた。

伸彦の視線がそれに釘付けになった。

ラージタイプで、赤いプラスチックのハンドルに《M・T》とイニシャルが刻んであるスイス・アーミーナイフだった。とたんに伸彦の心臓が高鳴り始めた。寒いほどエアコンが効いているというのに、顔に汗が噴き出してくるのを自覚した。

「電話でお話ししたように、兄の遺品として警察から戻ってきた中にありました。兄はこれでザイルを切断したと聞きました」

仲彦は硬直したまま、それを凝視していた。

「誕生日のプレゼントで渡されていたこのナイフを、あのとき、兄が借りていたとおっしゃいましたね」

「そ、そうです。たまたま……」

何かいいわけを述べようとしたが、喉が押しつぶされたようになって、声が出なかった。震える手でグラスを摑んだ。氷がすっかり溶けて、ガラスの表面がすっかり濡れていたが、それを口元に運んで水を飲んだ。

「本当に偶然だったんです。あいつがナイフを忘れてたものだから、それを貸すことになったんです」

しどろもどろに答える仲彦の顔を、透子はサングラス越しにじっと見つめていた。その見えない視線が、グラスに水滴をつけた水のように冷たかった。

「そうでしたか。よくわかりました」

彼女は淡々とした声でいった。

「うかつに貸したことを、心から後悔してます」

「そう。ナイフといえば……」

サングラスをかけたまま、透子がかすかに口角を吊り上げた。

「少し前の善福寺川緑地での事件はご存じですか」

唐突に振られて伸彦は声を失った。

「強盗か通り魔が、男の人を刃物か何かで刺したそうです。亡くなった被害者は、兄やあなたと同じ東亜油脂の人だったそうですね。偶然だと思いますが、驚きました」

伸彦はあっけにとられて彼女を見つめ、何も返答ができずにいた。

「ごめんなさい。変なことをいって」

透子がバッグを取り、立ち上がった。「いろいろとありがとうございました」

思わず伸彦も椅子を引いて立った。

「な、何もお力になれませんで……」

それきり無言となった透子は背中を見せ、店のレジのほうへと歩いて行った。

さっきまでテーブルにあった紙の伝票を彼女が取っていったことに、伸彦は初めて気づいた。狼狽えて見ていると、田村透子は素早く精算をすませ、こちらを振り返りもせずに店の扉を開き、外へと出て行った。

仲彦はその場に棒立ちになったまま、しばし固まっていた。

ふと気づいて振り向くと、透子がいたテーブルの一角に、あのスイス・アーミーナイフが置かれたままだった。その赤いハンドルに刻まれた《M・T》のイニシャル。

9

午後二時になっても惣の母と新崎浩治という男性は白根御池に戻ってこなかった。

夏実は朝のうちから何度も警備派出所とテント場を往復しては、近くから少年の様子を見ていたのだが、だんだんと心配がつのってきた。

「お母さんから連絡は？」

テントの中で膝を抱えるように座っている惣に声をかけた。

惣は上目遣いに夏実を見て、いった。

「一度だけ、携帯にかかってきた」

「なんて？」

「あと一時間ぐらいでこっちに来るって」

「それっていつ？」

ややあって、惣がいった。「朝の八時ぐらい」

夏実が驚き、険しい顔になる。

「六時間以上も経ってるじゃない」

少し迷ってからいった。「携帯でお母さんにコールバックできる？」

惣が荷物の中から白いiPhoneを引っ張り出した。こんな子供が持つには高価だと驚いたが、ここは安否確認が第一だった。画面のロックを解除して、惣がタップで通話モードにし、耳に当てた。

――おかけになった電話は電波の届かない場所にあるか、電源が入っていないためかかりません。

機械的な女性のアナウンスが聞こえた。

足音がして、派出所のほうから深町がやってくるのが見えた。

「どうした？」

「惣くんのお母さんたち、まだ戻らないの。もしかしたら遭難の可能性があります」

傍に立った深町の顔色が変わった。

「電話で連絡は？」

呼び出しを中断した惣がテントの中から首を横に振った。

「星野さん。行こう。すぐに捜索の準備だ」

派出所に急ぎ足で戻る深町を追いかけようとして、夏実は振り向いた。

「惣くんもいっしょに来て」

少年は黙ったまま、テントから這い出してきた。


惣の母親、山中史香と同行者の男性、新崎浩治が宿泊した北岳山荘に無線を飛ばしてみた。スタッフの報告だと、ふたりは今朝、六時過ぎには山小屋を出発したという。それからゆうに八時間が経過していた。いくら足が遅くても、北岳山荘からここまで四、五時間あれば到達できるはずだった。

あれから何度か、母親の携帯にかけてみたが、依然として通じない。他の山小屋にもそれぞれ連絡を取ってみたが、それらしい男女が立ち寄ったという情報は得られなかった。

やはり遭難が疑わしい。道迷いで電波の圏外に迷い込んでしまったか、最悪、滑落(かつらく)の可能性を考えるべきだろう。

待機室に立ててある北岳の大きな地図ボードに、杉坂副隊長が北岳山荘からの下山ルートとして考えられるコースを赤い太線で描いた。通常であれば、トラバース道を経て八本歯のコルと呼ばれる尾根の鞍部を経由して大樺沢を下り、二俣から白根御池へと戻ってくる。あるいは頂上を越して肩の小屋、小太郎尾根経由で草すべりを下りてくる。

このふたつの登山道にいなければ、明らかに道迷いである。

山荘から間ノ岳方面に南下することはないだろうが、念のためにと杉坂は破線を描いた。さらに八本歯のコルから冬季ルートであるボーコン沢ノ頭へ向かう道も。もうひとつ、肩の小屋の少し上にある両俣分岐から廃道となっている中白根沢ノ頭に向かうルートも可能性として想定しなければならない。

「先ほど、県警ヘリ〈はやて〉が市川三郷のヘリポートから飛びました。おっつけ北岳上空に到達し、空からの捜索を開始します。われわれはそれぞれの登山コースをくまなくサーチします。K－9チームは救助犬の出動をお願いします」

杉坂の言葉の直後だった。

「この案件ですが、全員で出動に当たる必要はないと思います。時間と戦力の無駄遣いです。ヘリ捜索も冗費になります」

隊員たちの中から声がして、夏実が見た。

思った通り、桐原だった。

「うかがったところによると、〝要救〟はかなりいいかげんな性格の女性のようです。子供をテントに置き去りにして愛人とふたりで山小屋に泊まったり……。もしかすると、別ルートからすでに下山してしまっているかもしれません。かりに事故だとしても自業自得のような気がします。われわれがそんな連中に貴重な戦力を投入している間、別の事故が発生すれば、現場到着がそれだけ遅延したりしますよ」

思わず夏実は視線を移した。

隊員たちに交じって、ひとりぽつんと座っていた惣の姿。

桐原がいうように、たしかに〝いいかげんな〟母親だと思う。しかしその母親を、大勢の前でここまで見下げられる八歳の少年の気持ちを、どうして桐原はわからないのか。

あいつには心が欠けていると、深町は桐原のことをいった。今さらながら、それを痛感する。とはいえ、正直いって夏実の心の中にも、桐原の言葉に同調する衝動があった。ひとりここに残された惣の寂しげな姿を思えば、実の我が子を平気で置き去りにできる母への怒りがある。自業自得といえばそれまでの話。

「たとえ一パーセントでも、遭難の可能性があれば、われわれは出動します」

そういったのは江草隊長だった。

全員がハッと顔を上げ、彼を見た。桐原さえも。

「この山においては善人も悪人も区別はしない。みな同じひとつひとつの命です。それを守るのが私たちの職務です」

江草はあくまでも穏やかな顔で全員を見渡した。

全員が立ち上がった。桐原も、やや遅れ気味に椅子を引いて立った。

それぞれ無言で準備室に飛び込んでいく。

夏実は惣のところに行った。

「大丈夫だよ。きっと見つかるから」

そっと肩に手を乗せて声をかけたが、少年はうなだれたままだった。

「ぼく、パパのところに行きたい。パパに会いたい」

その言葉に夏実は心が締め付けられた。

思わず江草隊長の顔を見る。彼はあくまでも穏やかに少年を見つめていた。

――ね。聞こえてる?

比奈子の声がずいぶん遠くから意識に伝わった気がした。

10

「え」

驚いたように顔を上げ、隣に座る彼女を見つめた。

比奈子が肩をすくめて噴き出した。

「どうしたのよ。まるで心がどっかにワープしてたみたいだけど」

「いや……ごめん。ここんとこ、仕事が立て込んで疲れて眠れなかったんだ」

「無理しないでよ。これから登山なんだから」

「ああ」

少し顔を歪めて、伸彦は笑った。

甲府駅から南アルプスに向かう山梨交通のバスの車内である。夜叉神峠登山口の停留所を抜け、南アルプススーパー林道の曲がりくねった道をのろのろと伝って、北岳登山口である広河原に向かっていた。

午後の最終便なので客席はまばら。伸彦たち以外に、登山服姿の男女が三名ほど、めいめいの場所に座っている。終点の広河原に到着予定は十六時。もっともこんな時間から登山を開始する人はいないだろうから、多くが広河原山荘に宿泊するのだろう。

窓外を流れる景色に伸彦は目をやった。

沿線の木立が行き過ぎる向こうを、野呂川の深い渓谷が流れている。

その景色にいつしか田村透子の姿が重なっていた。

喫茶店で差し出されたスイス・アーミーナイフ。それを思い出し、伸彦の心を不安が包み込む。彼女の言動と、これみよがしのナイフの出し方。もしや、あれはメッセージだったのではなかろうか。私は知っている、という――。

「そういえば、こないだの殺人事件。やっぱり殺されたのは真山さんだったって」

ふいに比奈子にいわれ、またもや意識を呼び戻された。

「うん？」

「ほら。善福寺川緑地で刺されたって人。さっき同じ経理部の島村さんからＬＩＮＥが入ったんだけど、元職場っていうことで、今朝方、うちの会社にも警察が来たそうよ」

「マジか……」

仲彦はつぶやいてみせた。

あの夜が明けると、すぐに真山の遺体が発見され、警察の捜査が始まった。

仲彦はテレビやネットのニュースで観ていたが、もちろん自分のところに警察官が来たりすることはなかった。写真データやパソコン関係など、自分と事件を結びつけるものはすべて片付けていたし、ゆいいつ関係があるとすれば、かつての会社の同僚だったということだけだ。

事件は迷宮入りし、自分もそれを忘れていけばいい。そう思っていた。警察の捜査も自分のところには及ばない。すべてが順調に進み、これでやっと眠れる日々が戻ってくる。そう思ったのもつかの間だった。

突然、田村柾行の妹、透子が現れた。

これ見よがしの証拠を出し、思わせぶりなことをいい、去って行った。

喫茶店での透子の顔を思い出した。サングラスをかけ、唇だけで小さく笑った。

まさに何かを見透かされたように。

それにしても、どうしてこうも次から次へとトラブルが舞い込んでくるのか。まるであのとき、目の前を落ちていった柾行の呪いがかかっているような気がした。

バスがゆっくりと広河原に下りていく。野呂川広河原インフォメーションセンターの建物の傍、車回しに沿って徐行しながら停留所に到着した。

まばらに座っていた登山者たちが席を立ち、ひとりずつ下車する。仲彦と比奈子は最後にバスを降り、外に立っていた初老の女性乗務員にチケットの半券を渡した。

ふたりが宿泊する広河原山荘は、ＩＣとバス停を挟んで反対側に建っている。少し前まで野呂川の対岸にあったそうだが、老朽化で取り壊され、今の場所に建て直されたらしい。

建物の外観は四隅にノッチが組まれたログハウス風の木造り三階建てだが、実は鉄筋コンクリート構造になっているらしく、エントランスを抜けて玄関から入ると、内部はコンクリの打ちっぱなしになっていた。

広い一階ロビーの壁際にペレットストーブがあって、その前に高級そうなソファが向かい合わせに並んでいる。客たちがそこに座ってくつろいでいた。真新しい建物であるが、山小屋というよりもこぢんまりしたホテルといった感じだった。

仲彦たちは奥にある受付カウンターに向かって歩いた。傍らにはテーブルが並び、コーヒーを飲んだり、カレーライスを食べている登山者たちの姿もある。さすがに夕方が近く、仲彦は少し空腹を感じていた。

予約していた旨を告げ、チェックインをすませてから、ふたりは階段を上って二階の客室に荷物を下ろした。個室扱いとはいわれたが、四人部屋になっていて、二段ベッドが左右にふたつずつある。さいわい今のところ、ふたりだけで片側のベッドは空いていた。

比奈子が下でいいというので、伸彦は梯子(はしご)を伝って上のベッドに行ってザックを置いた。

夕食は十八時からで、少し時間があった。

「ちょっと外を散歩してこない?」

下のベッドから比奈子の声がした。少し考えたが、そんな気になれなかった。

仰向けになってコンクリの天井に設置された間接照明器具を見上げながらいった。

「悪いけど、疲れてるからちょっと寝る」

「そう。じゃ、行ってくるね」

比奈子が部屋を出て行く音がした。伸彦はそのまま、じっと天井を見上げている。

頭に浮かぶのは真山道夫の死に様。田村透子から渡されたナイフ。

真山に関しては、もうすんだことだからいいのに、やはりあのときの状況が繰り返し脳裡(のうり)によみがえってくる。警察の捜査は自分のところに及んでいないが、ゆうべは逮捕される夢を見、寝汗を掻きながら夜中に飛び起きた。

もうひとつ——田村透子のことが心の痼りのように意識にこびりついている。喫茶店のテーブルの向かいから、サングラス越しにこっちを見ていた視線が忘れられない。

伸彦はズボンのポケットに手を入れ、スイス・アーミーナイフを取り出した。

ハンドルに刻まれた《M・T》のイニシャルをじっと見つめた。そうしているうちに、心臓がまた高鳴ってきた。緊張に顔がこわばってくるのを感じて、わざとらしく長い息を口から洩らした。

五徳ナイフ、十徳ナイフなどといわれるが、このナイフにはブレードの他、ノコギリやハサミ、ヤスリなど十二種類のツールが収まっている。とりわけこのナイフの細身のブレードはふつうのステンレス製ではなく、数百層の鉄と鋼を何度も折り重ねながら鍛える積層構造になっていて、まるで木目か波のような美しい刃紋になっている。ダマスカス鋼と呼ばれるものだ。

ゆえに限定品として五千本という少数が生産された。たまたまそれを柾行が入手していたのだった。山行でそのナイフを見たときは、まさに喉から手が出るほど欲しかった。そのことを知っていて、柾行は彼の誕生日にプレゼントとして渡してくれた。おそらく数万円はしただろう、それを、惜しげもなく譲ってくれたのだった。

このナイフに関する話を、柾行本人から聞かされたことがある。

二年前、彼が独りでネパール旅行をしたとき、カトマンズの裏町にあった怪しげな雑貨店にふらりと立ち寄り、そこで見つけたという。

最初、店主はそれを売ろうとしなかった。所持する者に禍がふりかかるという噂があり、購入した人間が非業の死を遂げては、このナイフだけがなぜか店に戻ってくる。呪いがかかっているのだという。

そんな話を聞いて、柾行はますます欲しくなり、いい値で購入し、日本に持ち帰ったのだった。それほど大切なものを、たとえ親友とはいえ、どうして誕生日に譲ってくれたのだろうか。

伸彦は黙ってブレードを引き出した。

ダマスカス鋼の美しい紋様が入った長さ十センチぐらいの刃が、カチリとかすかな音を立ててロックされた。まるで憑かれたかのように、伸彦はブレードの紋様に見入った。

あのとき、このナイフでザイルを切った。

その瞬間、柾行は驚愕の顔で伸彦を見上げた。ザイルが切断される寸前、その表情が絶望に取って代わった。断ち切った刹那、あいつは声もなく目の前から落ちていった。

その様子がスローモーションのように記憶に刻み込まれていた。

右手に握っているナイフがかすかに震えている。

ごまかすかのように、ブレードを開いてはたたむ。それを繰り返した。

ロックがかかると、カチッと金属音がする。

反対側の背にある解除ボタンを押して、ブレードを閉じる。

ゆっくりと開く。カチッ。

また、閉じる。

ふいに部屋の扉が開かれ、誰かが入ってきた。

伸彦は顔の前にかざしていたナイフを、あわててたたんでポケットに戻した。

あれから五分と経ってないはずだが、もう比奈子が戻ってきたのかと、少し顔を上げて見た。比奈子ではなく、知らない中年女性がふたり、ザックを手にして部屋に入ってきた。

「すみません。相部屋になります。よろしく」

ひとりにいわれ、伸彦は頭を下げた。向かいにある二段ベッドの客だった。

女性たちは高らかに笑い、話し合いながら、それぞれのベッドにザックを置いた。

ひとりが窓際に行って外の景色を見ながら、上のベッドの相方にはしゃぐ声を飛ばしている。

静かだった四人部屋が急に騒々しくなった。

居づらくなった伸彦は、身を起こしてザックの中から財布やスマホなどの貴重品を引っ張り出し、ズボンのポケットに押し込んだ。それから梯子を伝って床に下りた。

相変わらず賑(にぎ)やかに話し合っている女性たちを尻目に、彼は急いで部屋を出た。

階段を下りて靴を履き、ロビーを歩いたが、比奈子の姿がなかった。玄関からエントランスに出て、スロープを歩き、バス停のほうに行ってみた。

大勢の登山者が歩いたり、舗装路に直(じか)に座り込んだりしてくつろいでいる。

乗合タクシーの乗り場にも何人かがいて、運転手に呼び込まれた人々が大きなザックをリアゲートに詰め込んでいる。やがて甲府行きバスの最終便が到着し、大勢の登山者たちを詰め込み、坂道を上り、林道を去って行った。タクシーが二台、乗り場から走り去ると、辺りには誰もいなくなった。

比奈子は見つからなかった。

野呂川の畔まで行き、周囲を見たがやはりいない。そうこうしているうち、不安に憑かれた。婚約者がこんなところで忽然(こつぜん)と消えてしまう。そんなことがあるはずない。

しかし、自分の中のドロドロとした記憶が暗く重たい心象を形成し、かたちのない恐怖のようなものが少しずつのしかかろうとしていた。

川の上流に向かってゆるい坂道を上った。

対岸の向こう、森の彼方に、これから登る北岳の姿が青いシルエットになって見えている。どこか遠くでヘリコプターらしい爆音が聞こえてきた。それを耳にしていると、意味もなく不安に駆られてしまう。得体の知れない心の影に憑かれながら、伸彦はのろのろと坂道をたどった。

野呂川の向こう岸にある平地は幕営地になっているらしく、色とりどりのテントが点在していた。その手前に長い吊橋がかかっていた。登山口に行くための橋の中ほどに人影がふたつあった。

伸彦の足が止まった。

ひとりは間違いなく比奈子だった。

もうひとり、登山服を着た女性らしい人影があった。サングラスをかけ、ツバの大きなブリムハットをかぶっている。じっと見ているうち、その女性は比奈子と別れ、対岸に向かって吊橋を渡りだした。

揺れる吊橋を苦もなく渡って歩く彼女の姿を、伸彦はじっと見ていた。

田村透子に似ていると思った。とたんに背筋が寒くなった。

そんな莫迦なはずがないとあわてて否定する。

急ぎ足に吊橋のほうにゆくと、ちょうど橋を戻ってきた比奈子がスロープを上ってくるところだった。

「あ、伸彦さん」

屈託のない笑顔で比奈子がいった。

「今の女性は？」

「え」

比奈子はキョトンとした顔で彼を見ていたが、ふいに振り向いた。

すでに吊橋にその女の姿はなかった。

「さっき誰かとあそこで話していただろう？」

「ええ……テント泊の人。明日、頂上を目指して登るんですって」

「名前は訊いた？」

すると比奈子が奇異な表情になり、かぶりを振った。

「いいえ。でも、どうして？」

「知ってる女性に少し似てたような気がするから」

「変な人」

　そういって比奈子は肩を揺らし、笑った。

　伸彦はまた対岸の幕営地に並ぶテントの群れを見つめた。何人かの登山者の姿が小さく見えている。その中にあの女性がいるかどうか、ここからはわからなかった。

　ヘリの音がまた聞こえて、伸彦は振り向く。

　遠い空を小さく機影が移動していた。

11

　救助犬が捜索する臭源は、テントの中に残されていた衣類である。

　山中史香のシャツと靴下。新崎浩治の帽子やサンダルなどがあった。強烈な香水の匂いは、人の何千、何万倍という犬の嗅覚をダメにするのだが、間接的に嗅ぐのであればもちろん役に立つ。

　やがて飛来した県警ヘリ〈はやて〉に夏実たちハンドラーと三頭の犬たちが搭乗。そのまま北岳山荘へと向かった。

　PLS（ポイント・ラスト・シーン＝最終目撃地）がこの山小屋であるため、そこから臭跡をたどって要救助者のサーチをスタートすることになる。
小屋のヘリポートに夏実たちを降ろしたヘリは、北岳空域の上空から捜索を開始した。

惣から、ふたりの登山歴を聞いていた。
史香が山を始めたのは恋人になった浩治の影響らしいが、ふたりともほとんどビギナーのようだ。去年、富士山に登った。だから次は二番目に高い北岳にした。そんな動機だったそうだ。あの安普請なテントを見れば、どちらも山の素人であるのは一目瞭然だった。

南アルプス署のほうで新崎浩治について調べてもらうと、驚いたことに窃盗や恐喝罪で前科があった。元、暴走族だったようだ。職を転々としてきたようだが、現在は史香がやっているアパレル関係のセレクトショップの共同経営者ということになっていた。

他にも犯罪歴や余罪があるかもしれず、県警本部に情報を送っているところだ。
広河原や夜叉神峠、芦安などの登山ポストからは、彼らの入山届は発見できなかったが、白根御池小屋のテント泊の申込書に、山行予定が記入してあり、草すべりルートから頂上へ、そこから八本歯のコル経由で大樺沢沿いに下りてくる計画となっていた。むろん北岳山荘に宿泊とは書かれておらず、まったく予定外の行動だといえる。

救助犬が臭跡をサーチしていくと、史香たちは尾根をたどり、トラバース道を渡って下山ルートを歩いていた。メイたちはしきりに地鼻を使いながら、臭いの痕跡を追求しながら進んでいる。

吊尾根(つりおね)のトラバース分岐にさしかかる頃、青空が薄紫色に染まり始めていた。太陽は北岳頂稜の向こうにあって見えないが、もうじき夕暮れになる。

相変わらず要救助者ふたりからの連絡は絶えたままだった。

県警ヘリ〈はやて〉から無線通信が入り、日没前に捜索を切り上げ、市川三郷へと帰投するという。なおも捜索を続行する救助隊員らに敬意を表し、〈はやて〉は夏実たちの目の前でゆっくりとターンし、東の空へと小さくなっていった。

時刻は午後七時をとうに過ぎていた。

ふたりの遭難はおそらく確定的だろう。いくらなんでも、勝手に先に下山し、山に残したひとり息子に連絡もしないなんてことはないはずだと、夏実は考えた。こちらから携帯に連絡が取れないのは、おそらく電波の圏外にいるからだと思われる。

八月とはいえ、夜中から明け方にかけてかなり冷え込むことがある。ふたりが防寒の衣料などを所持していなければ、真夏でも低体温症になる。惣は母親たちの装備のことは知らなかったし、今は最悪を想定するべきだろう。

吊尾根の開けた場所で犬たちが休んでいた。三名のハンドラーも、ここまで急ぎ足でやってきたため、疲れ切っていた。それぞれが水を飲んだり、岩の上に座り込んだりしている。夏実は暗くなっていく空を見つめながら、テント場でしょんぼりと座っている惣のことを考えた。

少し離れた斜面の途中で、進藤諒大隊員がトランシーバーで交信している。その声が夕風に乗ってかすかに聞こえてきた。他の隊員たちは方々に散って要救助者二名の情報を探り、捜索もしているが、やはり成果は得られていないらしい。

ふいに肩を叩かれ、振り向く。

静奈が笑いながらペットボトルを渡してきた。

「ありがとうございます」

受け取り、蓋(ふた)を開けてミネラルウォーターを飲んだ。思った以上に喉が渇いていたようで、たちまち半分空けてしまった。それを静奈が見ているのに気づき、思わず目が合って微笑(ほほえ)んだ。

涼やかな風が静奈の髪を揺らし、頬が後(おく)れ毛(げ)をまとっていた。

紫のヴェールから黒に塗り替えられる夜空を背景に、西にほのめくかすかな黄昏(たそがれ)の光を受けた静奈の顔は美しかった。夏実は思わずそれに見とれた。

「どうしたの、夏実」

「え。あ……」

頰を染め、夏実はごまかした。「ごめんなさい。ちょっと疲れたから」

「あの子のこと、気にしてるんでしょう」

「うん」

「いい加減な親なんて、どこの世界にもいるのよ。いちいち考えてちゃキリがない」

「そうですね」

交信を終えた進藤が戻ってきた。

「現場でまた横森と桐原がモメているらしい。てか、一方的に横森が嚙みついてる」

苦笑しながらの報告に、夏実は少し気が重くなった。

効率的な活動を優先し、不必要な捜索をするべきでないという桐原の主張に、ほとんどの隊員たちが反発している。江草隊長すら、無駄は必要のうちであり、救助活動は対象を問わず必要だと即断したというのに、まだ引きずっているようだ。

「さしずめ〝桐原問題〟とでも呼ぶべきかな。うちもとんだお荷物を抱えたもんだ」

「私は嫌いじゃないな」

静奈の言葉に進藤が驚いた。「意外だな、神崎さん」

夏実も思わず、また静奈の顔を見つめてしまう。

「――彼、愚直なまでにストレートだけど、いってることは基本的に間違ってない。ただ、頭が良すぎるせいか、上から目線になる癖があって、そのことの意味を自分で理解してないのね」

夏実も進藤も言葉がない。

まったく静奈のいうとおりだと思った。

それにしても彼女のような性格ならば、真っ先に桐原に対して反発しそうなものだが、あまりに意外な言葉だった。静奈もどちらかといえば冷徹なところがあって、物事を天秤にかけてはかるところが桐原と少し似ている。似たもの同士はソリが合わないというが、彼女の場合は逆なのかもしれない。

「さて。捜索を続行しよう」

進藤がザックを下ろし、中からヘッドランプを引っ張り出した。

夏実と静奈もそれにならった。

ペツルの小型ライトをヘルメットに装着し、スイッチを入れる。最近のヘッドランプはリチウム電池を使用し、ＬＥＤのバルブも進化して、小型でもパワフルになった。

白色光がメイに直接当たらないように気をつけ、夏実が声をかけた。

「メイ。行くよ。サーチ再開！」

伏臥していたボーダー・コリーが顔を上げ、夏実を見て身を起こした。

他の救助犬たちも行動を再開し、ハンドラーの三人とともに薄闇に包まれつつある吊尾根の不安定な足場を駆け始めた。

12

狭いソロテントの中、闇に沈むように田村透子はじっと目を開いていた。

今日は夜叉神峠の駐車場に自家用車のダイハツ・ムーヴを停め、始発のバスで南アルプススーパー林道を広河原まで来ていた。幕営の料金を払い、吊橋を渡った対岸にある指定地に自分のテントを張ってから広河原ICまで戻ってきた。

以来、ずっと一階フロアのベンチに座り、バスや乗合タクシーが到着するたびに表を見て、川越伸彦の姿を捜そうと見張っていた。

彼と婚約者らしき女性が降りてきたのは、十六時着の最終便になるバスだった。

ふたりとも小屋泊まり山行を予定しているらしく、二十リットルぐらいの小ぶりのザックを背負い、向かいにある広河原山荘に入っていった。幸せそうに笑みを浮かべる女性と、微笑みを返す伸彦を見ているうちに、あの日、喫茶店で俯いていた彼の姿を思い出した。

バッグから兄のイニシャルが刻まれたナイフを出したとき、伸彦の様子は異様だった。まるで幽霊を見たような表情だった。

その瞬間、透子は確信した。

やはり谷川岳でザイルを切ったのは兄ではない。

伸彦は自分が助かるために、あのナイフを使った。自らの手で兄を墜死させたのだ。

もうひとつ。

杉並区の善福寺川緑地で発生した深夜の殺人事件。被害者の名は真山道夫。ネットニュースでそれを見て、透子は思い出した。兄と伸彦が勤めていた東亜油脂の同僚だった。彼のことは兄から話を聞き、社員旅行の写真を見せてもらったこともある。特徴的な顔立ちをしていたので憶えていたのだった。

そして透子が伸彦のマンションの前で見かけた軽ワゴンにいた人物こそが、その真山道夫であった。ワゴン車にいた彼は、望遠レンズを装着した一眼レフカメラを持っていた。

事件の直後、被害者のアパートの部屋が何者かに荒らされていたというネットニュースの記事も透子は読んでいた。

兄の不審な死と望遠レンズのカメラを持った真山の死。

あの真山は仲彦の弱みを握り、脅迫していたのではなかろうか。だから仲彦のマンションを張り込んでいた。谷川岳の事故のとき、兄の死の真相を知っていたのかもしれない。

そう考えるとつじつまが合った。

あれが事故ではなく、故意の殺人であったという証拠を――あの、カメラで撮影していたら？　当然、仲彦にとって真山は排除すべき大きな障害となる。それが殺人の動機かもしれない。

しかし証拠がないかぎり、それを証明することはできない。彼の罪を暴くことは不可能だ。殺人事件のあとで真山のアパートの部屋が荒らされたというが、おそらく仲彦は真山を殺害するとともに、写真データなどを隠滅してしまったのだろう。

ことを公にして仲彦の罪を暴くことができないのであれば、透子がやれることはひとつしかなかった。

それは自分自身の手で犯人に報いることだ。

兄の復讐である。

だから透子は彼らの山行に合わせて、この山にやってきた。たまたま伸彦の婚約者の女性がひとりでいたところに接近し、親しく話しかけた。松谷比奈子という女性だった。兄も勤めていた東亜油脂の同僚であることを知った。

ふたりが話し合う様子を、伸彦は離れた場所から見ていた。

伸彦は真相を比奈子に告げていない。いや、告げられないのである。だから、透子が彼を追ってここに来ていることを知っても、何をすることもできないだろう。

じわじわと追いつめるのだ。

兄を墜としたことを心の底から後悔させてやる。

川越伸彦はその夜、眠れなかった。

午後九時の消灯時間を過ぎ、真っ暗になった二段ベッドの上の段。何も見えない闇を凝視しながら、吊橋で比奈子と話していた女性のことを思っていた。

遠目でしか見なかったが、あれはたしかに田村透子だった。

柾行がいつだったか、妹も自分の影響で登山をやるという話をしたことがある。とはいえ、山道具と山着を持っているとしても、どうして彼らと同じときに北岳の登山口にいるのか。

考えられることはひとつしかない。

喫茶店で対面したときの思わせぶりな態度。私はすべてを知っているといわんばかりの彼女の言動であった。死んだ真山との接点はないだろうし、だとすれば、彼女はあのナイフのことで伸彦を疑い、真山が殺された事件を知って確信したのではなかろうか。

第三章

1

星野夏実はツェルトの中で目を覚ました。

左腕に巻いたプロトレックを夜光モードにして見る。午前四時をまわっている。外はまだ暗いが、そろそろ静奈たちも起き出す時間だ。

暗闇の中、手探りでヘッドランプを摑み、スイッチを入れる。薄手のダウンシュラフの傍に寄り添うようにトライカラーのボーダー・コリーが横たわっている。夏実が起きたのに気づいてメイが顔を上げた。

「おはよう、メイ」

そっと声をかけると、LEDライトの光の中で長い舌を垂らし、口角を大げさに吊り上げた。

ゆうべは十一時近くまで捜索をした。頂稜から野呂川の渓谷に向かってなだらかに続く池山吊尾根の稜線をたどりながら、救助犬たちは臭跡を追いかけた。ところが八本歯のコルに到着したとたん、犬たちの混乱が始まった。

この場所から一般の登山ルートは左に折れ、大樺沢に向かって幾重にも連なる梯子を下りる。まっすぐ行くと、左右が切れ落ちた痩せ尾根の難所になる。ここは冬山コースになっているが、八本歯という名のいわれとなったノコギリのように突兀とした岩のナイフリッジ（痩せ尾根）を越えることになるため、一般の登山者が立ち入ることはめったにない。

ところがふたりの臭跡は大樺沢に向かって下りていると同時に、八本歯の痩せ尾根にも続いていた。これはどうしたことかと、夏実たちは途惑った。

ふたりはこの八本歯のコルで別れて、お互いに別々のルートをたどったのか。喧嘩をしたとか、そんな感情的な理由で男女が別れることはあるが、こんな山の中で喧嘩別れをしてどうなるというのだろう。

ひとまず捜索の手を分けることにした。

進藤諒大とリキは大樺沢に向かって下り、夏実とメイ、静奈とバロンはそのまままっすぐ八本歯の危険な痩せ尾根をたどってみた。しかし臭跡は岩場の途中で忽然(こつぜん)となくなっていた。

ここから滑落(かつらく)したのか。

そう思って夏実たちはヘッドランプの光輪の中に痕跡(こんせき)を捜したが、足を踏み外して落ちたような痕跡は見つからない。強力なフラッシュライトで崖下(がけした)を照らしたが、人影は発見できない。次にザックからザイルを取り出し、確保をし、懸垂(けんすい)下降で垂壁(すいへき)を下りながら声かけをしてみた。反応は皆無だった。

大樺沢の進藤に無線を飛ばしても、やはり臭いはルートの途中で途切れているという。

わけがわからなかった。

焦(あせ)る中、時間ばかりがどんどん進み、とうとう夜の十時を回ってしまったため、夏実たちはいったん痩せ尾根を抜け、八本歯ノ頭まで到達し、そこでツェルトを張ってビバークをしたのだった。

無線連絡によると、進藤とリキは八本歯のコルから連続して続く梯子付近をくまなく捜索し、現地でツェルトを張って一夜を過ごしたらしい。

山中惣は昨夜はひとり、テントの中で寝たようだ。パパに会いたいといった少年の悲しげな顔を思い浮かべると、夏実の胸が締め付けられる。

折りたたみ式の皿にペットボトルの水を入れ、メイに差し出してやる。

少し身を起こし、長い舌を出し入れしながらメイが水を飲み始めると、夏実もザックの中からマグカップを取り出し、水を注いでゆっくりと飲んだ。

夜の間、気温がずいぶんと下がったらしく、ツェルトの内側がすっかり結露して、ボトムに水たまりができていた。メイとふたりぶんの呼気である。おかげでシュラフの足下付近がぐっしょりと濡(ぬ)れていた。

睡眠時間は短かったが、疲れのせいで熟睡できた。

起きる前に夢を見たようだ。

じっと考えているうちに、その夢の内容が心によみがえってきた。

バットレスらしい垂壁の途中に、ザイル一本で宙吊りになっていた。クライミングをしていてハーケンが抜けたらしい。中間支点が持ちこたえてくれたおかげで、途中でフォールが止まったようだが、夏実の体は仰向(あおむ)けの状態で吊られていた。崖に手を伸ばしても、まったく届かなかった。

ザックのショルダーストラップに取り付けたホルダーからトランシーバーを抜き、救援を要請しようとしたときだった。

自分のすぐ真上に誰かがいるのに気づいた。

その姿は影のようになってよく見えない。男なのか女なのかも判然としない。

その右手にナイフのようなものが握られているのに気づいた。

ハッと緊張したとたん、そのナイフがザイルを切断し、夏実の体は虚空に投げ出された。

恐怖が体を貫いたと思ったら、ハッと目が醒めた。

しばし夢のことを考えていた。

そもそも夢は不条理なものであって、そこに意味はない。しかし夏実にかぎっては、ごくまれに現実の何かを暗喩しているようなリアルな夢を見ることがある。

かつては心を消耗するほど悩み抜いた共感覚——それも〝色彩幻覚〟が、しばしば不安や危険を伝えてきたように、この夢もまた、何らかの警告として心の中に生じた信号なのではないか。

小さく吐息を投げて、前髪をかき上げたとき、傍らで犬の息遣いが聞こえた。

ヘッドランプの光を向けると、メイが心配そうに舌を垂らしながら彼女を見ていた。

「ごめんね。何でもないから」

笑って耳の後ろを撫でてやった。メイが目を細めた。

　そのとき、隣に張ったツェルトから物音が聞こえ始めた。静奈が起き出したらしい。

　出入口のジッパーを開いて外に出ると、ちょうど隣接のツェルトから静奈が出てきた。ヘッドランプを点けている。

「おはよう、夏実」

「おはようございます」

　日の出前の真っ暗な尾根にふたりの呼気が白く流れた。頭上に星が瞬き、西の空には、北岳頂稜の真っ黒なシルエットが立ち上がっている。それを見つめていると、頂上のすぐ真上を、流れ星が青白い筋を曳いて斜めに落ちた。

「今日のサーチはどうするつもり?」

「あー、もう一度、八本歯の崖をくまなく当たってみて、もし見つからなければ、このまま吊尾根を下ってみるしかないんじゃないでしょうか」

「そうね」

　テントからメイが出てきて、ブルブルッと胴震いした。続いてバロンも静奈のツェルトから出てきた。どちらも、ボディに装着したままの救助犬のハーネスは反射材を使っているので、ヘッドランプの光の中で大げさなほどに輝いている。

　コッヘルで湯を沸かし、手早くドライフードをふやかして、静奈と向かい合わせに座りながら朝食をかきこんだ。犬たちはいつものように少量のドッグフードを食べ、音を立てて水皿を舐めている。

「今回も残念ながら桐原くんが正解のような気がする」

静奈の声に、夏実が顔を上げた。

「ふたりともすでに下山、ですか？」

彼女の影が頷いた。

「でも、惣くんを捨て犬みたいに独り残して、母親がそんなことできるのかな」

「そんなことができる親が、この世の中にはたしかにいる。彼女だって、子供が殴られているのを見ていながら放置までして最低男とくっついてる。ましてや新崎というその男、恐喝で逮捕された前科がある上、他にも犯罪歴がありそうだし」

返す言葉を失って夏実が口を閉ざした。

むろん静奈の言葉が正しいことを、自分だって知っている。不特定多数の人々がやってくるこの山にいれば、信じられないような非常識をいやってほど見せられる。高山植物を盗掘する人間。ゴミを残していく人間。中には、山小屋の外トイレの協力金の箱をこじ開けて、小銭をすべて持っていく人間までいた。

老若男女問わず、悪人たちは無数に存在する。

それなのに、この山はただ黙って、ここを訪れる人々を迎え入れてくれる。

ふたりが食事を終える頃、トランシーバーがコールトーンを鳴らした。警備派出所からだった。夏実が立ち上がってツェルトに戻ろうとしたが、静奈がいち早く、傍らに置いていたそれに手を伸ばした。

「こちら、吊尾根の現場。神崎です。どうぞ」

静奈がいった直後、

——大樺沢の進藤です。どうぞ。

進藤諒大の声も飛び込んできた。

——こちら警備派出所、杉坂です。本日も引き続き、山中史香さん、新崎浩治さんの捜索をお願いします。市川三郷のヘリポートで〈はやて〉もスタンバっており、整備が終わり次第、フライトできるとのことです。

「神崎、諒解(りょうかい)。われわれも八本歯および吊尾根ルートの捜索を続行します」

——私のほうは引き続き大樺沢を下ってみます。

進藤の応答が聞こえた。

——万が一、両親が先に下山している可能性を含めて、広河原ＩＣにも通達をしておきました。あと、念のために奈良田の駐車場にも車の確認に行かせます。

「母親たちが下山していたらどうしますか」

静奈の質問に、杉坂の応答がしばらくなかった。

――惣くんを連れて下りる。われわれがやれるのはそこまでです。

「わかりました」

「あの……」

夏実の声に静奈が振り向いた。「何?」

「惣くんのお父さんにも連絡を取ってあげたほうがいいかも」

彼女を見つめていた静奈が頷いた。トランシーバーに向かっていった。

「山中惣くんにお父さんの連絡先を聞いてみてもらえますか。離婚しているとはいえ、やはり惣くんの肉親ですし、事情をお知らせしたほうがいいかと思います」

――諒解しました。そちらは捜索の続行をお願いします。

通話を終えて振り向いた静奈の眉根がかすかに寄っていた。

頭上にまだ星々が散っていたが、東の空がしらじらと明るくなり始めていた。

2

ザックを背負ってダブルストックを突き、野呂川にかかる吊橋を渡った。

先を歩く松谷比奈子の後ろ姿を見ながら、川越伸彦はこの橋の真ん中で彼女ともうひとりの女性が並んで立っていたことを思い出し、暗い不安に包まれた。意識を逸らそうと思っても、その姿がどうしても心に浮かんでくる。

歩くたびに揺れるこの吊橋のように、伸彦の心も激しく動揺していた。

「見て。釣りをしてる」

比奈子が足を止め、眼下の渓を指差した。

ベストにウェーダーの釣り人がひとり浅瀬に立ち込み、竿を振っている姿が小さく見下ろせた。釣り人の少し上流に自然と目が向いた。左側の岸の上に幕営指定地があり、まだそこにいくつかのテントが点在していた。伸彦は奥歯を嚙み、あえて目を離した。

橋を渡り終えると、右手に旧山小屋跡地の水場があった。コンクリで作られた流し場に蛇口が並んでいる。

そこでいったんザックを下ろし、水筒を引っ張り出した。

蛇口から流れる冷たい水を水筒に入れながら、川の近くに見えるテントの群れにまた目をやった。意識を向けるつもりはないのに、どうしても思い出してしまう。昨日、吊橋にいたあの女性はテント泊だったというが、もうテントをたたんで登山を始めただろうか。またどこかで出会うのではないか。

あのときの姿が田村透子に重なっていた。いくら別人だと自分にいい聞かせても、やはり透子本人だったような気がしてくる。

もし真相に気づけば、当然、彼女は伸彦に恨みを抱く。

真山のようにはっきりした証拠はないとしても、事故のことを透子が何らかのかたちで公にしたら、いやでも疑惑が浮かび上がる。マスコミがそうしたスキャンダルを見逃すはずがない。まさに好餌である。

だったら、自分の証拠を握って脅迫してきた真山を刺し殺したように、透子もまた殺すべきか。そんなことをすれば負の連鎖だ。

「どうしたの。怖い顔してる」

比奈子の声に我に返った。

「いや……仕事のことを思い出してた。ちょっといろいろあって」

　伸彦は苦笑いを見せた。比奈子が呆れた顔をした。

「莫迦ね。そんなこと、山にまで持ってくることないのに」

「そうだな」

　ふいに比奈子が真顔になった。

「ね。何か隠してるんじゃない？　あなた、昨日からずっと変だけど」

「何でもないよ。本当に疲れてるだけ。北岳のてっぺんに立ったら吹っ飛ぶよ」

　比奈子はわざと肩をすぼめてみせる。

「ここからどれぐらい登るの？」

「地図のコースタイムだと、白根御池小屋まで二時間半ぐらいかな。そこで少し休憩してから、大樺沢ルートを通って一気に北岳山荘まで行くつもりだ。夕方には着くと思うよ」

「今日はそこに泊まるのね」

「標高三千メートルに近いところにある山小屋だ。楽しみだな」

　比奈子が微笑んだ。

　伸彦はさすがに山に慣れていたが、比奈子もほとんどバテることなく、順調に登った。

広河原から白根御池小屋まではシラビソなどの樹林帯の急登で、見通しが悪い。比奈子は少し息を切らしているものの、ストックを使っていい調子で足を運んでいる。

平日にもかかわらず、さすがに八月の最盛期だけあって、登山者は多く、何人か追い越したし、上からはひっきりなしに下山者がやってきてすれ違う。そのたびに「こんにちは」の挨拶を交わす。

左から聞こえてきた大樺沢の瀬音がいつの間にか聞こえなくなり、やがて木立の中に忽然と小さなベンチがあった。たまたま空いていたため、そこに並んで座り、水筒の水を飲み、ひと息ついてからまた歩き出す。

キビタキの透きとおった声が心地よくふたりを追いかけてくる。

森が豁然と開けると、目の前に立派な建物があって驚いた。白根御池小屋は想像していたよりも大きかった。小屋の前では大勢の登山者たちがくつろいでいる。林のあちこちにはテントが点在していた。

ちょうど外テーブルのひとつを陣取っていた年配の登山者たち四人が立ち上がって出発したので、仲彦と比奈子はそこで休憩を取った。ザックを下ろし、ストックをテーブルに立てかけ、丸太の玉切りで作った椅子に座ってしばしくつろぐ。

「何か冷たい飲み物でも買ってこようか？」

比奈子にいわれ、頷いた。

「コーラとか炭酸系があったらいいな」

「わかった」

立ち上がった比奈子が山小屋のほうへと走って行く。

独り残った伸彦は周囲を見渡した。大勢の登山者たちが周りでくつろいでいた。その中にあの女の姿はない。ホッとして小さく吐息を洩らした。

まるで幽霊にでも憑かれているみたいだ。

そう思ってまた暗くなる。

ひとりは故意でないとはいえ、ふたりも人を殺してしまった。幽霊が出てきたっておかしくないと思う。こんなに血にまみれた人生を、何も知らない比奈子とふたり、やっていけるのだろうか。そう思うと不安に震えそうになる。

気晴らしになるかと思ってここに来たのに、早くも後悔している。自分はもう救いようのないところまでメンタルを病んでいる。あの谷川岳の岩場で、俺の人生は変わったのだ。今さらもう戻りようもないが。

バンダナで額の汗を拭きながら視線を上げた。

た。

空は晴れ渡っていて、秋の到来を予感させるような筋雲がうっすらとたなびいてい

ずいぶんと高いところに尾根が横たわって、青空との境界線を引いている。山肌の緑が目に沁みた。

視線を落とすと、山小屋に隣接するように、小さなログコテージ風の建物があった。

正面にコンクリの階段があり、ドアが閉じられているが、その横に〈南アルプス山岳救助隊警備派出所〉と揮毫された看板がかかっていた。そういえばと思い出した。ここは日本で初めて山岳救助犬を導入した救助隊が常駐しているという。たしかテレビで観た覚えがあるが、隊員たちは全員が地元の警察官らしい。

看板に書かれた〈派出所〉という言葉を凝視した。

そのとき、扉が開いて、救助隊の制服らしい赤とオレンジの派手なシャツを着た人物がひとり、建物の中から姿を現した。やや細身の若い男性だった。じっと見ているうちに、その男が視線を感じたようにこっちを向いた。切れ長の鋭い目をしていた。

とたんに氷のような緊張が体をこわばらせ、胸の奥で鼓動が大きくなった。

あわてて視線を外し、動悸を抑えながら自分にいい聞かせた。

何も相手が警察官だからといってビビる必要はない。俺はあくまでもひとりの登山

者なのだし、事件と結びつけるものは何もない。落ち着いていればいい。

もう一度、目を向けた。その若い救助隊員のところに山小屋のほうからやってきた大柄な人物が近づいていった。半ズボンにTシャツ姿の白人男性のようだ。

——ヘイ、ハラキリ！

白人の声にドキリとした。

なぜか〝腹切り〟と聞こえた。思わず、真山をナイフで刺したあの刹那(せつな)のことを思い出した。腹ではなく、左胸だったが。奇妙な偶然というか、暗合のような気がして、なんとなく薄気味が悪くなった。

若い救助隊員と白人男性は、警備派出所の前で向かい合って会話を交わしている。それを伸彦はじっと見つめた。

「お待たせ！」

だしぬけに声がして、飛び上がりそうになって驚いた。

目の前にペットボトルをふたつ持って立つ比奈子が、中腰になった伸彦を見て、噴き出しそうになって顔を歪(ゆが)めた。

「何やってんのよ」

「ごめん。考え事をしてたから、つい……」

テーブルに向かって座り直すと、比奈子はコーラのペットボトルを目の前に置いた。自分はオレンジジュースだ。

「やっぱり変だよ、きみ」

おどけていわれ、伸彦はわざと口を尖らせてみせた。

「そうか？」

比奈子は派出所の前で話し合っているふたりを見た。

「あの外人さん。山小屋でバイトしているんだって。ニックさんっていって、面白いからいろいろと話し込んじゃった。だって日本語がペラペラなんだけど、変な関西弁なんだもん。何だかおかしくて」

「そうなんだ」

「コーラ、早く飲んで。山から引いた水でキンキンに冷えてるから」

頷いてペットボトルの蓋を回した。とたんに泡が噴き出し、伸彦はあわてて口元に持っていく。それを飲んだとたん、炭酸の刺激で咽せそうになった。

そのとき、遠くでヘリの音がして、ふたりは顔を向けた。

北岳山頂の上空を、小さく機影が動いていた。

「昨日も飛んでたね」と、比奈子がつぶやく。

「遭難ってよくあることだから」

仲彦がいい、かすかに口元を歪めた。

そう、山ではよくあることだ。

3

「現場と〝マル害（被害者）〟のアパート付近にいたと見られるバイクの種類が特定されました」

今日も朝から、阿佐ヶ谷署の大会議室で捜査会議が始まっていた。その初っぱなの報告に、捜査員たちの間から小さなどよめきが起こった。報告したのは本庁の捜査員のひとりだった。

大きなスクリーンに該当するバイクの映像が映し出された。赤と銀色のツートンのボディをしたスポーツ車だ。

「――ヤマハＳＤＲ。二〇〇ｃｃの排気量、水冷単気筒のツーストロークのバイクで、エンジンなどがカウルで覆われておらず、露出した、いわゆるネイキッドというタイプです。製造が八十七年から八十八年、今ではかなり稀少（きしょう）なクラシックバイクだそうです」

「どうやって特定を?」

管理官に問われて、捜査員がいった。

「ちょうど犯行時の直前、善福寺川緑地の路上にこのバイクが停まっているところを、近くにあるコンビニのアルバイト店員が目撃していました。その店員は元走り屋でかなりのマニアだということで、珍しいバイクを見かけて憶えていたようです」

続いて、隣に座る別の捜査員が手を挙げて立ち上がった。

「西荻窪の〝マル害〟のアパート付近でも、二十四時間パーキングの防犯ビデオに同じ色と車種のバイクが映っていました。こちらです」

続いてスクリーンに、青いフルフェイスのヘルメットをかぶり、黒っぽいTシャツに同じく黒いジーンズ姿のライダーが乗ったバイクの画像が投影された。シート後部には登山のザックのような大きな荷物が縛り付けてあった。

「残念ながらナンバープレートが映像に映っていないのですが、レアなバイクですので、所有者をたどることはできます」

会議室の最後列に座った大柴哲孝は、腕組みをしながら、バイクの映像を見ていた。荷台に縛り付けてある登山のザックがずいぶんと膨らんでいる。

被害者の部屋に入ってパソコンなどを持ち出したためだろうと、彼は思った。捜査の当初から物盗りでなく、怨恨などの動機による顔見知りの殺人と見て、本部は捜査を切り換えている。やはり犯人は犯行直後に被害者のアパートを訪れ、家捜しをしたようだ。

「現在、都内のバイク専門店やディーラーなどに当たって、このヤマハのバイクのオーナーを特定しているところです。おそらくそう時間がかからず、判明すると思われます」

事件解決の糸口が見えてきたということで、管理官を始め、捜査員たちの顔が少し明るくなったように思えた。

別の捜査員が挙手して立ち上がる。胡麻塩頭で眼鏡をかけていた。

「〝マル害〟の真山道夫さんについてですが、京橋にある東亜油脂という会社に勤めていて、春に退職。リストラによるものだったようです。それから失業保険の手続きをしていますが、とくに就活は行っておらず、退職金といくばくかの貯金で生活をしていたようです。東亜油脂で聞き込みをしたところ、社内での評判はかんばしくなく、業務成績が伸びずに、それが退職につながったようです。両親は亡くなっており、兄弟のいないひとり息子だったようです。親しい友人はとくにおらず、趣味は写真撮影で、Facebook や Instagram 他、ネットの写真投稿サイトの常連メンバーでした」

隣にいた中年女性の捜査員が次に報告をした。

「真山さんの部屋から持ち去られたパソコンや記録媒体については追って捜査をしています。amazon や楽天ほかのネットショップの購入記録などで真山さんが所有していたノートパソコンや iPad などの機種が判明しましたが、ハードやソフト関係のアカウントは個人情報の範疇（はんちゅう）なので内容をうかがうことはできませんでした。また、〝マル被（被疑者）〟がパソコンや記録媒体などを持ち去った理由は、真山さんが所有していたメディアに何らかの必要な情報があったためと思われます」

続いて別の男性の捜査員が立ち上がる。

「SNSの投稿によると、真山さんは七月二日、群馬県と新潟（にいがた）県の境にある谷川岳をひとりで訪れています。登山ではなく観光目的だったようで、麓（ふもと）から撮影した山の風景写真が何枚かアップされていました。それが最後の投稿となっていました」

その報告を聞いて、大柴はふとさっき写真で見た、被疑者のバイクにくりつけられた登山用ザックを思い出した。

あれはテント泊や縦走をするぐらいの装備を入れる大きなザックだろう。通常、街で使用するにしては大げさすぎる。だとすれば、被疑者は登山をする人間の可能性がある。そこに来て被害者の谷川岳の風景写真。妙に心に引っかかった。

ふと気がつくと、自分で挙手をしていた。

管理官がこちらを見て、少し途惑いながらも指名した。

「そちら、どうぞ」

大柴は遠慮がちに立ち上がる。隣にいた真鍋が驚いた顔で見ている。

「所轄（しょかつ）ですが、僭越（せんえつ）ながら意見具申です」

大柴は言葉を選びながら口にした。「〝マル被〟のバイクにあった登山のザックと、〝マル害〟の谷川岳の写真についての話でピンと来たんですが、その……七月二日の谷川岳で何かあったんじゃないでしょうか」

会議室が少しざわついた。捜査員たちの何人かが大柴を振り返っている。

最前列でノートパソコンを開いていた何人かの捜査員のうち、ひとりがすっと手を挙げた。管理官が指名すると、その若い男性が着席したまま、こういった。

「七月二日……谷川岳で山岳事故が起きてますね。一ノ倉沢衝立岩というロッククライミングのメッカみたいなところで、ふたりが滑落、そのうちひとりが墜ちて死亡してます」

パソコンでネット記事を見つけたらしい。

「その記事、こちらに表示をお願いします」

管理官にいわれ、プロジェクターを操作していた担当者がケーブルを外し、彼のノートパソコンに接続した。大きなスクリーンにネット記事が表示されたのを大柴は見た。

《谷川岳一ノ倉沢で登山事故、一名が死亡》

見出しの下に亡くなった登山者の顔写真が掲載されていた。

田村柾行、二十九歳。都内大田区在住。

キリッとした精悍な目付きの若者の写真を、大柴はじっと見つめた。

「すみません」

先ほど報告をした胡麻塩頭に眼鏡の捜査員が立ち上がった。

右手に紙片を持っていた。

「〝マル害〟の会社の同僚をたまたまリストアップしていたんですが、田村柾行という同じ名があります」

会議室がどよめいた。

4

白根御池小屋を出発し、しばらく静かな森の中を歩いた。

ふたりともダブルストックで軽快な足取りである。

鳥のさえずりを聞きながら、緩(ゆる)やかなアップダウンの楽なコースが終わり、忽然と視界が開けたと思ったら、目の前に大きな沢が流れる開けた光景になった。伸彦が地図を引っ張り出すと、二俣という登山道の分岐点であり、ここが大樺沢と呼ばれる場所のようだ。

右手を見ると、北岳頂稜の東面にそびえるバットレスという岩場が屹立(きつりつ)している。

伸彦は思わず見上げた。

北岳バットレスは谷川岳一ノ倉沢と並んで、〝岩屋〟と呼ばれるクライマーたちの憧れの岩場だ。しかし、今の伸彦にとって、クライミングそのものが思い出したくもないトラウマとなっていた。

「やっぱり見ちゃうんだ」

比奈子に笑われて、伸彦は視線を戻した。バットレスのことをいわれたのだと気づいた。

「あなたって、根っからのロッククライマーだよね。いつだったか、涎が出そうな顔でビルの壁を見上げてたことがあったでしょ」

「そうだっけ」

とぼけてみせた。

「でも、危険なクライミングはもう二度とやらないって、私のために誓ってくれたから」

彼女の顔を見つめ、伸彦は小さく頷いた。

危険だからではない。思い出したくないからだと、自分の中でつぶやいていた。

二俣からは大樺沢の左岸を伝う登り道となる。

大きく開けた渓で日差しを遮る枝葉がないため、ずっと太陽にさらされての山行だからきつい。ふたりは帽子をかぶり、サングラスをかけてゆっくり登っていた。足下にはシナノキンバイ、タカネナデシコ、ハクサンフウロといった可憐な高山植物が花々を咲かせているが、それに見とれる余裕もない。

比奈子はバテているため、一方、伸彦は別の理由で。

やがて沢の上流のほうに雪渓が見えてきた。

さすがに八月、夏の盛期だけあって、ほとんど溶けているうえ、表面がいびつな亀甲模様になり、煤けたように薄汚れている。そこからひんやりと冷たい風が渓の斜面を舐めるように下りてきた。

――ちょっと休まない？

後ろから比奈子の声がし、伸彦が立ち止まった。

いつの間にか、ずいぶん後ろに引き離してしまっていたのに気づき、彼女が追いついてくるのを待った。

「ごめん。つい、うっかりしちゃった」

「とにかく休憩……」

いいかけた比奈子の顔が一変した。目をしばたたき、よそを向いている。

「どうした？」

「あれ」

ストックから離した右手をゆっくりと挙げ、比奈子が指差した。

つられて伸彦も見た。

大樺沢対岸の岩場に、水色の服のようなものが横たわっていた。目をこらして見据える。ずいぶんと距離があるが、その色は周囲の岩の中でくっきりと目立っていた。

最初、衣服のようなものが捨てられているのかと思った。

しかしそれにしては膨らみがあった。

「あれって……人が倒れてるんじゃない？」

伸彦は凝視した。たしかに誰かが横たわっているように見える。

そう思ったとたん、体がこわばった。頭の中が白くなり、思考停止になりかかっていた。

「何してんの。行ってみようよ」

比奈子に腕を摑まれ、我に返る。

ふたりで岩場を歩き、沢の畔に立った。浅瀬に点在する岩伝いに、対岸に渉れることがわかって、両手のストックを水の中に突きながらバランスを取り、恐る恐る徒渉して向こう岸に立った。

数メートル先に、水色のシャツとベージュの登山ズボン、登山靴の人物が倒れていた。両手を投げ出し、俯せに横たわっている。女性のようだった。

ふたりは慎重に近寄った。

「まさか……死んでるの？」

比奈子がつぶやく。

仲彦は黙って俯せの女性を見つめた。まったく動かず、息をしていないように思えた。恐ろしかった。どうして、自分にはこうも死がまとわりつくのか。やはり呪われているのではなかろうか。

見ていると、ふいに女性の左手が震えた。指がかすかに動いた。

「生きてる……」と、比奈子がいった。

だが、仲彦は棒立ちのままだ。まるで金縛りに遭ったように、体が凍り付いていた。

「仲彦！」

比奈子にいわれ、よろりと動いた。

身をかがめて女性の肩に片手を伸ばした。指先が触れたとたん、体がピクッと動いた。

ゆっくりと顔を上げた。三十代ぐらいだろうか。青痣と傷だらけの容貌。鼻血が口の脇まで流れ、乾いてこびりついていた。かざした掌も深い傷があって出血している。

虚ろな目を向け、いった。

「……助けてください」

蚊の鳴くような小声だった。

仲彦はこわばった顔のまま、見下ろしていた。女性は上目遣いに見上げながら、また声を洩らした。

「お願い……助けて」

救いを求めるように震える左手をさらに挙げた。斑模様に顔に残った血が凄絶だった。

仲彦は少しずつ後退った。ぎこちない、ロボットのような動きだった。

「何してるの、仲彦。助けてあげなきゃ」

比奈子の声が悲鳴のように甲高かった。しかしそれは意識をすり抜けていった。

「行こう。関わらないほうがいい」

自分の声が他人の口から出たもののように思えた。

比奈子が立ちすくんでいた。青ざめた顔でこちらを見ていた。

「どうして……」

「いいから」

強引に比奈子の腕を摑み、仲彦は歩き出した。

「だって！」

比奈子がまた悲鳴に近い声を放った。

――どうしました？

対岸から男の声がして、伸彦は足を止めた。

斜面に続く登山ルートの途中に、赤とオレンジの制服姿の男性と焦げ茶色の犬が立ち止まってこちらを見ている。山岳救助隊員だとわかった。犬はおそらく救助犬だろう。

「人が、倒れてるんです！」

比奈子が大声で叫んだ。

5

リキといっしょに大樺沢を渉り、対岸に行った。

岩場の平らなところに女性が倒れている。水色のシャツにベージュのズボン。荷物はなかったがむろん登山者だ。乾いた血がこびりついた顔を見て、進藤は少し狼狽(うろた)えた。滑落で擦(す)り傷を負った状態ではない気がしたからだ。

「山中史香さん、ですか」

片膝を突いて訊いた。女性が虚ろな目で小さく頷いた。

昨日から今日にかけて、進藤とリキはこの大樺沢のルートを四往復ぐらいした。まったく臭跡がたどれなかったのは、史香が登山道を外れて沢の反対岸にいたためだとわかった。

おそらく雪渓の上部で向こうに渉ってしまい、そのまま右岸を下りていたのだろう。

リキを停座させ、傷の具合を調べた。打撲痕や擦り傷があるが、四肢の骨折や脱臼、捻挫などはないようだ。とはいえ、頭部や頸椎、脊髄などのダメージも考えられるので、下手に動かすことはできない。また、かなり衰弱しているようで、顔に血の気がなく、唇が紫色をしていた。

水分をとらせても大丈夫と判断する。

進藤はザックを下ろし、テルモスの水筒を取り出した。中身はホットカルピスだ。丸一日近く経っているが、水筒の保温力があるのでちょうどぬるいぐらいの温度だろう。それをカップに入れ、史香にゆっくりと飲ませた。最初は躊躇していた彼女が、少し口に入れると、飢えていたように飲み始めた。

手を添えて飲ませながら、進藤は振り向いた。

「すみませんが、発見時の状況を教えていただけますか?」

二十代後半から三十前半ぐらいの男女がぽつねんと立っていた。ふたりとも帽子をかぶり、ダブルストック。が、いずれもすぐに言葉が出てこない様子だった。事故の当人以上に目撃者がショックを受けるのはよくあることだ。

「わかりました。落ち着いてからでいいです」

進藤がフォローしたものの、ふたりの様子はどうも尋常ではなかった。気になったが、要救助者に目を戻した。

カップ一杯分のホットカルピスで、史香はだいぶ落ち着いたらしく、表情が和らいできた。視線もはっきりしている。二杯目を差し出すと自分の手で取って飲み始めたので質問してみる。

「どこか、痛む場所はありますか」

「腰と……背中が……少し」

カップを持つ手の甲に触れていった。「感覚はありますか」

彼女がはっきりと頷いた。

「体の痺れは？」

かぶりを振った。

絶対安静にしなければならないほどではなさそうだが、怪我の様子と疲労度からやはり自力歩行は不可能と判断した。

「登山道からずいぶんと外れた場所にいらっしゃったようですが、なぜですか」

史香は少し唇を震わせながら、沢の上流を指差した。

「上のほうで、きっと……道を間違えたのよ。下ってくる途中で雪で足が滑って、あの大きな穴に落ちちゃった」

進藤は肩越しに振り向く。

雪渓のそこかしこには、融雪のため、岩との接触面に隙間が口を開いている。シュルンドと登山者が呼んでいるものである。滑落してそこにはまり込んだのだろう。これでは、いくら救助犬の嗅覚が鋭敏でも察知することは難しい。

「夜通し、雪の穴にいたんですか」

青ざめた顔で頷いた。「朝になって何とか這い出せたから、少し歩こうとしたら、また滑って転けて……」

それにしても、ひと晩、冷蔵庫のようなシュルンドの中にいたのだから、低体温症で命を落としても不思議はなかった。自力で這い出すぐらいの体力が残っていたのはさいわいだったが、ふたたび滑落してこの場で倒れていたようだ。

進藤は気づいて、訊ねた。「ところで、お連れの男性がいたはずですが？」

とたんに彼女が険しい顔になった。進藤から目を離して、あらぬほうを見た。

「あの人とはもう……」

首をかしげる進藤をまた見た。「別れたわ」

彼女の顔の青痣を見つめた。左目の縁にくっきりと三日月型に残っている。

「その顔ですが、もしかして殴られたんですか」

史香はしばし黙っていたが、力なく口を開いた。「転んだだけよ」

嘘(うそ)だとすぐにわかった。長年、救助の仕事をやっていると、要救助者の顔の傷が事故でできたものか、そうでないかの区別はつく。

「新崎浩治さんはどこに？」

史香は尾根の上を指差した。

「まっすぐ崖のほうに行ったの。ひとりで下山するって」

やはり新崎は彼女と別れ、単独で八本歯の痩せ尾根に向かったようだ。

しかしそれならどうして星野夏実と神崎静奈、メイとバロンたちのペアチームが発見できなかったのだろうか。

「わかりました。これからヘリでの搬送を要請します。すぐに病院に行けますよ」

それを聞いて史香は少し安堵(あんど)の表情になった。

「ところで息子さんの惣くんですが、独りきりで御池のテント場であなたを待ってます」

進藤の言葉に、なぜか史香が狼狽えたように視線を泳がせた。

「そう……」

「病院でお会いできます」

進藤は彼女をまっすぐ見つめた。「でも、どうしてお子さんを独りで残したんです？」

史香は歯ぎしりをするように口を歪め、そっぽを向いた。

「いいじゃないの。あなたには関係ないことだし」

そっけないいい方に苛立ったが、進藤はその感情を静かに抑え込んだ。民事不介入。小さく吐息を投げ、ゆっくりとその場に立ち上がった。

発見者のふたりからも聞かねば。そう思いつつ、振り返って驚いた。

傍に立っていた男女の姿が忽然と消えていたのである。

進藤の傍に伏臥していたリキが、榛色の瞳で、大樺沢の上流のほうをじっと見ている。

その視線をたどるように、対岸の遥か上を見上げると、登山道のずっと先にそれらしいふたりの姿が小さく動いていた。

あっけにとられた顔で、進藤は去って行くふたりを見た。

世の中、いろんな人間がいる。

ふとそんなことを考えた。

6

野太いエンジン音を放ちながら、ヘリの機影が低く降下していった。

山梨県の消防防災ヘリ〈あかふじ〉である。純白の機体側面に赤と青の線が描かれ、まさに富士山の形がデザインされている。

池山吊尾根から見ると、ちょうど目線の高さから斜めに滑るように下りている。

二俣と八本歯のコルを結ぶ大樺沢ルートのちょうど半ば辺り、〈あかふじ〉は追い風をかわすように旋回しながら反転し、やがて空中定位した。機体側面のスライドドアが開かれ、オレンジの隊員服に白いヘルメットの消防隊員がホイスト降下を始めた。やがて大樺沢のこちら岸に接地すると、そこに待機していた進藤隊員らしき人影と合流。やがて要救助者をスリングで吊り上げ、隊員とともにふたたびヘリに向かって引き上げられた。

〈あかふじ〉は無事に収容を終え、ドアを閉じ、ゆっくりと旋回しながら上昇を開始する。

一部始終を双眼鏡で見ていた夏実は、機体を斜めに傾けつつ、大きくバンクし、東の空に去って行く〈あかふじ〉を見送った。

——大樺沢の進藤から各局。〝要救〟の〝PU〟完了。これより吊尾根方面に戻って、残り一名の捜索に合流します。

トランシーバーから進藤の声が聞こえてきた。

「こちら神崎です。新崎さんが吊尾根の八本歯ルート方面に単独で入ったという情報を元に、もう一度、付近をサーチしてみます」

——派出所諒解。くれぐれも気をつけて捜索にあたってください。

杉坂の声が聞こえた。

——進藤です。史香さんは甲府東病院に搬送予定ですが、えー、惣くんにつきましてはどうしますか？　いちおう、母親のところに連れて行くべきだとは思いますが。

——それが……本人が拒否している状況です。

「やっぱり」

静奈がそうつぶやいた。

――えー、現在、父親の和敏さんが名古屋市からこちらに向かっているとのことです。

夏実は静奈と目を合わせた。

「惣くん。パパに会いたいっていってたから、そのほうがいいかも」

「そうね」静奈が頷いた。「あくまでも本人の意思を尊重するべきだと思う」

名古屋からなら、どうしても到着は明日になる。あとひと晩、惣を御池で保護しておかねばならないだろう。怪我をして病院に搬送された母親の立場がないが、彼女が一方的に我が子をおろそかにした結果なのだから仕方ないと夏実は思った。

交信を終えてトランシーバーを仕舞いながら、静奈がいった。

「とにかくあとひとり。厄介な相手だけど捜さなきゃ」

「はい」

夏実が応え、傍らに停座している救助犬の背中に手を置いた。

「行くよ」

メイが目を輝かせながら、夏実を見上げた。

八本歯ノ頭付近の地表を犬たちにくまなく嗅がせてサーチしてみたが、やはり新崎浩治の臭跡はヒットできなかった。

仕方なく二手に分かれることにし、静奈とバロンのペアはこのまま尾根を下り、夏実はメイとともに八本歯のコル方面に引き返してみることになった。

ゴジラの背ビレのようにいくつもの岩塔が突兀と突き出した痩せ尾根を、夏実はメイとともに慎重に下った。途中途中で足を止め、犬の鼻を使ってサーチをする。たしかに要救助者の臭いは残っているようだが、ルートを逸れた形跡はない。

残置ロープがしっかり固定されているのを確認し、梯子を伝って下り、ふたたび尾根の鞍部――八本歯のコルに戻ってきた。

話し声がしたので見れば、ちょうど下の大樺沢方面から登ってきた登山者二名。

若い男女だった。

女性のほうが声高に話しているので聞き耳を立てると、一方の男性を問い詰めているようなふうだった。ふたりは尾根の上に立っている夏実とメイに気づいて、驚いたようにそろって足を止めた。

両名とも、なぜか気まずそうな顔になった。

ふたりともキャップをかぶり、男性のほうはサングラス、女性はチェック柄の山シヤツに首元に青いバンダナを巻いていた。茶髪のセミロングが似合う美女だった。

「こんにちは。山岳救助隊です」と、夏実が声をかけた。

そのとたん、ふたりの顔が引きつったように見えたが気のせいだろうか。

「四十歳の男性の方を捜索中ですが、見かけませんでしたか。背が高くて――」

「知りません」

言葉を遮るように男性にいわれ、夏実は驚いた。

「行くぞ」と、彼は相方の女性を急かすように、腕を引いた。

女性が抵抗した。夏実を見て、いった。

「あの、その男の人は知りませんが、下のほうに女性の遭難者がいました。ちょうど別の救助の方がいらして……」

山中史香のことだと思った。進藤とリキが発見した場所に居合わせたのだろう。

「ありがとうございます。そちらの情報はうかがっております」

「だったらいいんです」

女性がいいにくそうに口にし、頭を下げた。

夏実も返礼をすると、ふたりは背を向け、頂稜方面へと歩き出した。

その後ろ姿――男性のほうに思わず注目してしまった。彼の体に重なるように、いやな感じのする〝色〟が揺らいで見えたのである。

緊張に身を固くしながら、夏実は歩き去って行くふたりを見送っていた。

やがてその〝幻色〟はフェードアウトし、しだいに見えなくなっていった。

足下に停座していたメイが様子に気づき、かすかに声を洩らし、榛色の瞳で夏実を見上げていた。

「何でもないよ、メイ」

そういって、また顔を上げた。

男女は二段に分かれた長い梯子を伝って登り、その向こうに見えなくなった。

夏実の心臓の鼓動が少しずつ落ち着いてきた。

自分の胸にそっと手を当て、また静かにいった。「たぶん、大丈夫」

気を取り直し、捜索を続行しようと思ったとき、ふと気づいて、また梯子場を見上げた。

要救助者はいったん八本歯の尾根を渡りかけて引き返したのではないか。だったら、ここから山頂方面の尾根道の途中のどこかで滑落した可能性もあるはず。

「メイ。サーチ！」

声符を放ち、夏実はふたりが去って行った尾根をたどって歩き出す。

メイが地鼻を使いながら先行した。そんな相棒を見つめながら、ふと気づくとさっきの男性のことを考えていた。あのとき感じたおぞましさはいったい何なのだろう。

夏実は梯子場の手前で足を止めた。

メイが小さく吼えた。

尾根の南側。切れ落ちた斜面を見下ろしながら、メイがまた吼えた。

夏実はしゃがみ込み、メイの背中を撫でてから、そっと下を覗き込む。ハイマツに覆われた斜面にザレたような痕がついている。カモシカのような動物が下ったのかもしれない。人の姿は見えないが、しかしながら誰かがここを滑って下りた、あるいは落ちた可能性があった。

「いい子ね！」

夏実は誉め言葉をかけ、メイの前肢を取って抱きしめてやる。

各ストラップを外してザックを下ろす。

側面に縛り付けていたザイルの束を手早く解き、ハーネスを下半身に装着した。

木の円柱でできた梯子の強度を確認し、その下端に確保を取る。ハーネスに取り付けたカラビナにザイルを通し、二重にしたザイルを斜面下に投げ落とした。

「メイ。ここで待っていて」

夏実は斜面に向き合う姿勢をとり、慎重に懸垂下降を始めた。

途中からハイマツ帯となり、ズボンや顔に松脂がベトつくのに閉口しながら、ゆっくりとザイルを伝って下り続ける。岩の突起に靴底を乗せ、あらためて下を見る。崩れかけた斜面が尽きた平らな場所に、男性らしき登山者の姿が見えた。その場に胡座をかき、座り込んでいるようだった。

煙草の臭気が感じられ、夏実は途惑った。

「山岳救助隊です。新崎浩治さんですか」

声をかけると男性が振り仰いだ。口の端に煙草をくわえていた。

——そうだ。新崎だ。

枯れたようなそっけない声が返ってきた。

夏実は気を取り直し、懸垂下降を続けた。新崎のすぐ傍に下り立つと、ハーネスのカラビナからザイルを外した。

新崎は煙草を吸いながら座ったまま、ザックを足下に下ろし、ザイルを束ねている夏実を無遠慮にじろじろと見た。骨張った浅黒い顔をした男だった。

「女のくせに山岳救助か」

一瞬、ムッとしたが怒りを抑えた。

「どうしてこんなところに？」

訊くと、新崎は煙草をくわえたまま、いった。「尾根をまっすぐ行こうと思ったんだが、鋸（のこぎり）の刃みたいなヤバそうな道だったから、ビビって引き返してきたんだ。どこか適当な場所で近道にならねえかと思って、この上から下りてきたら、ちょいと滑っちまった。登り返すにもできなかったし、助けを呼ぼうにも携帯は圏外だし、おかげでひと晩、ここであんたらを待ちぼうけだぜ」

「どこかお怪我は？」

「ずいぶん滑ったおかげでズボンのケツが破れたが、たいした怪我はしてねえよ」

新崎が座っている岩の周囲に煙草の吸い殻がいくつか落ちているのに気づいた。

「同行されていた山中史香さんとは、途中ではぐれられたんですか」

彼の視線がわずかに泳いだ。

「そうだ」

「ご安心してください。先ほど、大樺沢で救助されました」

新崎はそのことにまったく興味がないように、また平然と夏実の顔に目を向けた。

ねちっこい視線で彼女を食い入るように見ている。

品性の欠片（かけら）もない男だった。何度か母親の前で殴られたという惣の話を思い出した。

「救助隊っていうが、もしかしてあんた警官か？」

「山梨県警です」

無遠慮に視線を向ける男から目を逸らした。「とにかく……これから、あなたを救助します。このハーネスを体につけますから」

そういいながら膝を突き、男の体に手を回そうとして、ふとためらった。こんな男性と体を密着させてザイル伝いに登るのには抵抗がある。そう思って逡巡したとき、男が笑いながらいった。

「ねえさん。婦警にしちゃ、けっこう可愛い顔してるじゃねえか」

くわえ煙草のまま、右手を伸ばして夏実の頬をざらりと撫でた。たちまち怖気が走った。

「やめてください」

反射的に手を払いのけたとたん、新崎の笑みが消えた。

「生意気な――」

だしぬけにシャツの胸を摑まれた。

そのまま仰向けに押し倒された。新崎が口角を歪めながらのしかかってきた。

瞬間、夏実はあっけにとられた。恐ろしさに緊張していたかもしれないが、状況が信じられず、途惑いもあった。要救助者からこんなあからさまなセクハラを受けたことなんてなかったからだ。

新崎はくわえていた煙草を傍らに吐き飛ばし、ゆっくりと顔を近づけてきた。

夏実の中に、あらためて恐怖とともに怒りがつのってきた。

ふいに、いつだったか、静奈からいわれたことを思い出した。

――胸ぐらを摑んでくる相手は素人の証拠。わざわざ利き手を出して無防備になってる。

体が動いていた。

自分の胸ぐらを摑む新崎の手。その拇指を、左手で握ってあっけなく引っぺがし、そのまま相手の手首を外側にひねりあげた。

新崎が顔を歪め、苦痛にうめいた。

間髪を容れず、右手の肘を振って新崎の顔を打ちのめした。容赦のない一撃。肘の骨が相手の頬骨に当たって鈍い音を立て、新崎がもんどり打ってひっくり返った。

夏実は素早く片膝を突き、立ち上がった。

仰向けになっていた新崎が、歯を食いしばりながらよろりと手を突いて立った。ズボンについていた砂や小石がポロポロと落ちた。怒りに歪んだ顔。その左頰が見る見る腫れてきた。彼はその頬を手でこすり、傍らに唾を吐いて向き直った。

「てめえ！」

野太く怒鳴りながら襲いかかろうとしたとき、傍らでかすかな音がした。

夏実がハッと見た刹那、ハイマツをガサリと揺らし、そこからトライカラーの毛をなびかせ、犬が飛び出してきた。

「メイ――！」

あっけにとられて振り向いた新崎の前、大きく跳躍したメイが、彼の上半身に体当たりを食らわせた。その重さに耐えられず、バランスを崩し、新崎がまた仰向けに倒れた。岩場に背中を叩きつけられ、くぐもった声を洩らした。

新崎の体を踏みつけるように前肢をかけ、メイが唸っている。マズルに幾重にも皺を刻んだ険相だった。

「メイ、やめ！」

夏実が叫ぶと、メイがすっと新崎の体から離れ、さっと伏臥の姿勢になった。表情も戻っている。

倒れたまま、あっけにとられた表情を凍り付かしている新崎のところに、夏実は歩いて行った。

「暴行罪および公務執行妨害であなたを逮捕します」

見下ろしながら、わざと冷ややかな声を放つと、新崎が狼狽えた顔になった。傍らに転がっていたザックの雨蓋を開き、中から黒い手錠を引っ張り出した。それを新崎の両手首にかけた。

腕時計を見る。

「午後四時十二分。逮捕執行」

夏実が口にしたとき、ふいに後ろから手を叩く音がした。

驚いて肩越しに振り向いた。

すぐ近くの岩の上に、神崎静奈が片膝を立てて座り、顔の前で拍手をしていた。その傍にバロンの大柄な体が伏臥して、興味深げに夏実たちを見ている。

「静奈さん。いつから……？」

「さっき来たところ」

素早くかぶりを振ってポニーテールの髪を流し、静奈が笑いながらいった。「夏実。今のは上出来だったわ」

夏実は少し顔を赤らめ、肩をすぼめた。

メイがやおら立ち上がり、夏実のところにやってきた。

その被毛(ひもう)のあちこちにハイマツの松脂がベッタリと付着していることに気づいて、思わず苦笑する。

「また手入れが大変」

つぶやく夏実を、メイが舌を垂らしながら嬉(うれ)しそうに見上げた。

7

仲彦は黙ったまま、吊尾根の登山道を登っている。

大きな平たい岩が無数に積み重なった場所。登山ルートは矢印や丸印のペンキで岩の表面に記してある。それをひとつひとつたどっていく。比奈子は少し遅れてついてきていた。たびたび足を止めては振り返り、彼女が追いついてくるのを待った。

比奈子は明らかにシラケていた。というか、仲彦に対して愛想を尽かしていた。笑顔はなく、仏頂面で言葉もない。今はただ黙然と歩を運んでいるだけだ。

この山に来たことを後悔しているに違いなかった。

自分自身とて、ここにいることに何の歓びもなく、無意味な登山であることにやっと気づいていた。谷川岳で柾行を墜死(ついし)させ、あまつさえ、そのことで脅迫してきた真山を殺した。おかげで人生はすっかり狂ってしまった。本来こんな場所に、のほほんとやってくる場合ではなかった。

とはいえ、すべては自分が生存するためであり、少しでもまっとうな人生に戻そうとした結果なのである。

あのとき、柾行とともに墜落するべきだったのか。

真山の脅迫に屈して金を払い続けるべきだったのか。

それとも、真実をさらけ出して警察に自首をし、犯罪者として刑に服するべきだったのだろうか。

何度も考えてきたことだし、夢にだって見てきた。

いずれも自分が取るべき選択ではない。そうとしか思えなかった。それがゆえの結果である。だったらなぜ、こんなに苦しいのだろうか。どうして身を締め付けられるような苦悩に憑かれているのだろうか。

仲彦は俯きがちに悩み、考えながら足を運び続けた。

ふと、洟(はな)をすする音が聞こえて、また足を止め、振り返った。

少し離れた場所に比奈子が立って、掌で顔を覆ってうなだれている姿があった。それを仲彦はじっと見つめた。比奈子はもちろん真相を知らない。しかし、仲彦の言動に違和感と不安を覚えている。当然のことだろう。

結婚前の登山。楽しいはずの時間が、自分のためにこんなことになってしまった。彼女にとって、これはいわゆるマリッジブルーとは違う。どうにもならない運命の皮肉だ。

きっと人生の正常な軌道に戻れる。伸彦はそう思っていた。ところがあがけばあがくほど、泥の中にはまり込んでいくような気がした。

トラバース道との分岐点で立ち止まった。

それまでの荒々しい岩稜帯が少し平坦になった中、標柱が忽然と砂礫（されき）の中に立っていた。ここからは頂上に向かわず、山腹を横ばいにへつってゆくことになる。まるで中国の仙境に築かれた桟道（さんどう）のように、丸太で作られた梯子や階段を伝って崖をなぞるように歩く。

足を踏み出し、少し砂礫の斜面を下ると最初の桟道に取り付いた。左の眼下は目も眩（くら）むような絶壁となって切れ落ちている。そこで足を止めて背後を振り返った。

比奈子がやっと追いついてきた。表情は相変わらず暗い。だいぶバテたのか、顔色も悪くて息を切らしている。

「あと少しで北岳山荘だ」

抑揚のない声に我ながら驚いた。同時に内心、可笑しくなった。

これではまるでアンドロイドかエイリアンだ。

「ね。伸彦。どうしたのよ。どうしてそんなに怖い顔をしてるの？」

比奈子は驚いたような、それでいて悲しげな顔で彼を見つめている。額や頬に浮いた汗を拭おうともしない。その怯えたような表情を見返しているうちに、伸彦は心の中に小さな棘が生えたような苛立ちが生じるのを自覚した。その苛立ちがどんどん肥大してゆく。

ふと、衝動がわいた。

比奈子をここから突き飛ばし、落としてやろうか。

今なら誰も目撃者はいない。

伸彦はストックを持っていた両手をギュッと強く握った。その手がわずかに彼女に向かって動いたとき――。

足下から冷たい風が吹き上がってきて我に返った。

半ば本気で考えていた自分に気づいて、伸彦はギョッとなった。

目をしばたたき、あっけにとられながら比奈子を見つめた。さっきの苛立ちは嘘のように消え、同時に途惑いと、激しい自己嫌悪感がつのってきた。

「仲彦……」

「大丈夫。すぐによくなるから」

大げさに顔を歪め、笑みを浮かべてみせた。

「すっかり遅くなってしまった。急ごうか」

そういって仲彦が歩き出す。

比奈子が黙って影のようについてきた。

8

——〝マル被〟の名前は川越仲彦。〝マル害〟と同じ東亜油脂の会社員ということで、両者の接触がありました。昨日から会社を休んでいるという同僚の証言で、いま、捜査員が自宅マンションに向かっているところです。

阿佐ヶ谷署大会議室に捜査員の声が響いた。

正面のスクリーンには被疑者の正面の顔写真が映し出されている。目が鋭く、眉がキリッと整えられたイケメン男子だった。最後列からそれを見ながら大柴は腕組みをしていた。

――川越は三日間の有給休暇を取っているそうです。同じ会社の経理部にいる婚約者、松谷比奈子といっしょに南アルプスの北岳という山に向かったという証言がとれました。

北岳、と聞いて、大柴の顔色が変わった。

――現在、山梨県警に協力を要請するとともに、南アルプス一帯を管轄する南アルプス警察署のほうにも連絡を取っているところです。

大柴はスマホをズボンのポケットから引っ張り出した。カメラモードにして、スクリーンに映し出された川越の写真を撮影し、またポケットにしまい込んだ。

「何やってんですか、大柴さん」

隣の席から真鍋のささやき声。

見れば、ニヤリと笑っている。大柴はごまかすように口を尖らせた。

「まさか、〝彼女〟をまた巻き込もうっていうんじゃないでしょうね。下手すれば血の雨が降りますよ」

「いや。そんなつもりじゃ……」と、口ごもった。

「それにしても、どうしていつも〝北岳〟なんですかね」

唐突に振られて大柴は顎の無精髭を掌でざらりと撫でた。

「それを俺に訊くなよ」

9

北岳頂稜の南壁面を横切るトラバース道はスリルのある木橋や梯子の連続だった。眼下はハイマツの急斜面になっていて、足場から転落すれば大怪我どころか命をなくすだろう。そんな緊張感の中、慎重に危険箇所を渡り、何とか難所を抜けた。

おかげで比奈子の顔に少し明るさが戻ってきた。

最後の足場から下りた仲彦が向き直り、比奈子に手を差し出す。彼女は両手のストックを左手だけに持ち替え、手を握り返す。優しく引いてもらい、安全な砂地の上に下り立ってホッとしている。

「ありがとう」

「いいんだ。山小屋はすぐそこだ。行こう」

仲彦がまた歩き出すと、比奈子が急ぎ足についてきた。

あとは楽な尾根下りだった。

比奈子は途中で高山植物の可憐な花を見つけ、しゃがんでスマホで写真を撮ったりしながら歩いている。伸彦もいつしか不安を忘れ、標高三〇〇〇メートルのさわやかな空気を吸いながら、気持ちよく歩を運んだ。

ダブルストックを突きながら軽快に歩き続けていくと、やがて前方に北岳山荘の赤い屋根が見えてきた。

手前にある大きな公衆トイレを回り込む。建物の側面に看板がかかった正面入口がある。

ふたりはようやく重たいザックを下ろした。さすがに疲労困憊だった。

小屋の周囲には大勢の登山者がいて、笑顔で写真を撮り合ったりしている。

腕時計を見ると、時刻は午後五時近かった。

「だいぶ遅くなったけど、何とかここまで来られて良かったよ」

タオルで汗を拭きながら伸彦がいう。

「受付で生ビール注文してもらっていい？」

比奈子が笑顔でいうので頷いた。「もちろん」

どうせなら、気持ちのいい外ベンチに座って飲もうと、彼女には小屋の外で待っていてもらうことにし、伸彦はふたりぶんのザックをその場に置いて、小屋の入口から中に入った。

右側のカウンターに受付窓口があり、バンダナを頭に巻いた若い女性がいたので挨拶をした。予約していた旨を告げると、すぐに調べてもらえた。

記帳をしているとき、女性が説明をしてくれる。

「相部屋になりますが、二階の〈農鳥〉です。布団の番号を確認してお使いくださいね。お靴はよく間違えられることがありますので、その箱にある袋に入れて、お部屋にお持ち込みください。それから、夕食は五時からになりますが、お客様は少し遅れてのご到着なので、だいたい六時頃になると思います」

伸彦は頭を下げ、生ビールを注文した。受付をしてくれた女性がすぐに厨房に行って、大きなジョッキに入った生ビールをふたつ持ってきてくれた。

もちろん下界よりもだいぶ値段が高いが、こんな山の上だから仕方ないことだ。

両手で受け取って伸彦はまた小屋の外に出た。

ところがふたりのザックとストックが転がっているのに、比奈子の姿がない。ビールジョッキをふたつ持ったまま、伸彦はふと不安になった。キョロキョロと辺りを見回しながら歩き、小屋の南側に回ってみた。

そこは幕営指定地になっていて、たくさんのさまざまな形をしたテントが無秩序に点在し、あちこちで夕餉の煙が立ち始めている。その手前に木材を利用して作ったベンチがあり、女性がふたり、背中を見せて並んで座っていた。

「比奈子……？」

ふたりの前に回り込んでみた。

比奈子の隣に腰掛けた女性を見た瞬間、手にしていた生ビールのジョッキを思わず落としそうになった。チェック柄の登山シャツにサングラス。セミロングの黒髪。白いベースボールキャップをやや目深にかぶっていた。

「昨日、吊橋のところでいっしょだった女性よ」

屈託のない笑顔で比奈子がいった。「お見かけして、思わず声をかけちゃった」

茫然と立ち尽くしている伸彦の前で、彼女は白いキャップと濃いサングラスの下、ルージュを引いた小さな唇をつぼめるように声もなく微笑んだ。

田村透子。

その名を口にしようとして、なぜか声が出なかった。

金縛りにかかったように硬直し、伸彦は彼女を凝視していた。

暮れかかった空を背景に、透子の姿はまるで幽霊のようにおぼろげに見えた。それは自分の意識に霧がかかっているせいだと伸彦は気づいた。まさか、幻を見ているのではないか。そう思いながら目をしばたたき、今一度、彼女を見た。やはり透子はそこに存在していた。

「なぜ……」

思わず口を突いて出た言葉だった。

透子に並んで座る比奈子が驚き、伸彦にいった。

「え。まさか、お知り合い？」

応えられない伸彦に代わって、透子がいった。

「昔、ちょっと」

比奈子が相好を崩し、隣に座る彼女を見る。

「なーんだ。早くいってくれれば良かったのに」

透子はまた薄笑いを浮かべた。ゾッとするほど冷たい微笑だった。

「その節はお世話になりました」

伸彦はあっけにとられて立ちすくみ、透子のいった言葉の真意をくみとろうとした。皮肉。あるいは挑発。いずれにしても恐るべき含みをもった言葉だった。その意味と力をじゅうぶんにわかった上で、彼女は口にしたはずだ。

キャップのツバの下にある透子の貌。サングラスの奥に隠された双眸から放たれた視線が、金縛り状態で棒立ちになる伸彦を鋭い錐のように貫いていた。

「私、そろそろテントで食事をしますので。これで」

ベンチから立ち上がった透子が比奈子に頭を下げ、そっと歩く。相変わらずその場に立ち尽くす伸彦とすれ違うとき、かすかな声が聞こえた。

「あとでまた――」

それきり、透子は砂礫の斜面を下りていき、テントが立ち並ぶ幕営指定地のほうへと歩き去って行った。半身になって見送っていると、後ろから比奈子がいった。

「そうやってぼうっと突っ立ってないで、生ビールいただけない？　あったまっちゃうよ」

狼狽えながら向き直り、伸彦はジョッキのひとつを比奈子に差し出した。

「いただきます」

比奈子はジョッキをあおった。

三分の一ぐらい一気に飲んでから、口元を袖で拭って伸彦を見た。

「ねえ。どうしたのよ。お化けでも見たような顔をして」

口を半開きにしたままだったことに気づき、伸彦は二度、深い呼吸をした。少し落ち着いたので、ようやく比奈子のいるベンチの隣に座った。さっきまで透子がいた場所だ。

「今の女性、本当に知り合いなの？」

「ああ」

「まさか、前の彼女だったりして」

「そうじゃないよ。大学時代にちょっと……」

「同じサークルだったとか？」

「うん。まあ」

比奈子は横目で伸彦を見ていたが、フッと笑い、またビールを飲んだ。

伸彦は俯きがちにベンチに座ったまま、ジョッキを手にしていた。

透子が消えていったテント場をじっと見つめた。

どうして彼女は柾行の妹だといわなかったのだろうか。そのことを考えるうち、あらためて彼女の真意というか、狙(ねら)いがわかった気がした。瞬間、伸彦はおぞましさに戦慄(せんりつ)した。

第四章

1

荷物をまとめてザックを背負ったとたん、誰かの携帯電話の呼び出し音が鳴り始めた。

夏実が驚くと、静奈が眉をひそめた。いったん担いだザックをまた足下に下ろし、雨蓋のジッパーを開いてスマホを引っ張り出した。

液晶画面を見て、今度は静奈が驚く。

「え。……大柴さん？」

夏実もまた驚いた。直接、会ったことはないが、静奈が昔の事件で関わったという、都内阿佐ヶ谷署の刑事の名だ。

静奈はスマホを耳に当てた。「南アルプス署、神崎です」

――今、山か？

スマホのスピーカーから洩れる低い男の声が夏実にも聞こえた。

「そう。北岳」

――まさか救助中なのか。

「救助というか、マナーの悪すぎる登山者を逮捕したところ」

――相変わらずだな。ご多忙中にもうしわけない。ちと相談なんだ。

「何？」

――おっつけ山梨県警本部経由でそっちに連絡が行くと思うが、実はうちの管轄で発生した殺人事件の〝マル被〟が登山者にまぎれて北岳に入ってる。できればことを荒立てず、すみやかに確保したい。

静奈はスマホを持ったまま、夏実を見た。

彼女の気持ちがわかった。夏山シーズンで登山者が多い中、おおっぴらに警察の捕り物劇というのは避けたいところだ。

「そちらで発生した重要事件の被疑者を、地方署の私たちが独断で確保はできないわ」

――もちろんわかってる。うちのお偉方たちにも花をもたせてやりたいからな。もしよければ〝マル被〟の情報を送るから、それとなしに見張っていてほしい。山でおとなしくしてくれりゃいいんだが、万が一ってこともあるし。

「これからこっちの被疑者を連れて下山しなきゃいけないのよ」

――その、被疑者は何をしたんだ。

「同僚の警察官に対する脅迫と暴行」

――とんだ食わせ者だな。

「そもそも恐喝罪の前科があったらしいわ。ＤＶにネグレクト、まだまだ叩けば埃が出そうよ。名前は新崎浩治、そっちのコンピュータの記録で何か出てくるか調べていただける？」

――いいよ。しかし、そんな野郎でも山に登るのか。

「あなたの管轄で発生した事件の被疑者が来るぐらいだから、何だってありでしょ？」

――違ぇねえや。

笑い声がした。

「で、その被疑者の山行情報は？」

――これから顔写真などといっしょに送信する。よろしく頼む。

「諒解」

通話を終え、スマホを下ろして静奈が吐息を投げた。

夏実を見ていった。

「まったく、どうしてどいつもこいつも〝北岳〟なのよ」

「あー、静奈さん。私にそれ訊かないでください」

苦笑しながら夏実が応えた。

ふたりはそろって振り返る。後ろにあの男——新崎浩治が手錠をかけられ、胡座をかいてうなだれるように座っていた。彼の前にはメイとバロンの救助犬二頭がいて、少しでも怪しいそぶりをすれば吼え立てようと身がまえている。

新崎は虚ろな双眸を持ち上げ、夏実たちを見た。

「何とかしてくれねえか。俺、本当は犬が苦手なんだ」

「だったら、そのままおとなしくしていれば？」

静奈らしくにべもない返事をしたとき、彼女のスマホが鳴った。ＬＩＮＥのコール音だった。すぐに液晶画面を見て、ゆっくりとそれを夏実に向けてきた。

「この人らしいわ」

夏実は静奈のスマホに見入った。その目が大きくなった。

すぐに呼び出し音が鳴り、静奈がスマホの画面をタップする。

「今、受け取った」

——〝マル被〟の名前は川越伸彦。二十九歳。婚約者の松谷比奈子、二十八歳とふたりで北岳に登っている。松谷比奈子のご両親の話では、今朝、広河原を出発して入山し、今日は北岳山荘という山小屋に宿泊する予定だそうだ。

「わかった」

——いいか。くれぐれも動向確認にとどめてくれ。

「そっちの捜査員はすぐに来られるの？」

——山梨県警に話を通し、お宅らと合同で確保に向かうことになる。

「時間がかかるわね」

——なんせお役所仕事だし、縄張りもあるから、あんたらの顔も立てなきゃいかん。

「そうね」

静奈が通話を切り、スマホをトランシーバーに持ち替え、大柴から聞いた情報を御池の警備派出所に送り始めた。送信を終えた静奈がトランシーバーを仕舞っているとき、夏実がいった。

「もう一度、さっきのＬＩＮＥの写真を見せてもらえますか」

「いいけど」

静奈がスマホを渡してきた。夏実がじっと画面を見つめる。

「私、この川越伸彦という人に会ってます」

「え」

「ついさっき、八本歯のコルで、女性とふたり連れのところをすれ違いました。婚約者の松谷さんといっしょに北岳山荘に向かったんだと思います」

そのときのことを夏実は思い出していた。

男女ふたり連れの登山者。そのうち、男のほうに、いやな〝色〟が重なって見えたのは、つまりそういうことだったのかと今さらながら気づく。

静奈が、かすかに眉をひそめ、ふと、向き直った。夏実も西に稜線を連ねる尾根を見上げた。すでに太陽は北岳と間ノ岳を結ぶ尾根に没しかかっている。

「ここから北岳山荘までどのくらい？」

いわれて夏実は考えた。

「えっと、大昔の北岳小屋跡地を経由して登ると一時間ってところでしょうか」

そういってふと、傍に座り込んでいる新崎浩治を見た。「あ。もしも、この人を連れていくなら……その倍ぐらいかな」

静奈が口をへの字に曲げてから、いった。「仕方ないわ」

2

「バットレス、第四尾根で滑落との救助要請です！」

無線機のマイクを持ったまま、関真輝雄隊員が振り向き、叫んだ。

待機室でくつろいでいた他の隊員たちが、黙っていっせいに立ち上がった。隣の仮眠室にいた者たちも、その声を聞いて戻ってきた。江草隊長以下、ほとんどの隊員がそろった。

無線による連絡をしてきたのは要救助者のパーティだった。

大学生三名でバットレス第四尾根主稜を登攀中（とうはんちゅう）、〝マッチ箱〟と呼ばれる岩の突起からやや登った付近の垂壁で落石に遭い、二名が負傷。現在、動けなくなっている状態だという。

ホワイトボードに、バットレスの地形図が張り出された。遭難があったとおぼしき場所に杉坂によって赤いバツ印が描かれる。〝マッチ箱〟というのは第四尾根の登攀ルートでも上部にあって、ここからいったん二十メートルほど懸垂下降で鞍部に下り、最後の難関といわれる垂壁の登攀にかかる場所だ。ちょうどワンピッチぶんを登攀したポイントで、上の〝枯れ木テラス〟付近から落石があったようだ。

ここは二〇一〇年にもかなり大きな崩落があり、バットレスでもとくに崩れやすい場所だといわれていた。

「神崎、星野隊員と同行している〝被疑者〟のことが気になるが、われわれは出動優先だ」

杉坂がそういった。

「現場が現場だけに上から懸垂下降するほうが良さそうっすね」と、曾我野隊員。

「それにしても、こんな時間にバットレスかよ」

進藤隊員があきれ顔でつぶやくのも無理はない。

「午後から登攀を始めたようです。夕方には登り切って肩の小屋に宿泊予定だったとか」

無線マイクを架台に戻し、関がそういった。

「総員態勢で出動しないといかんな」

杉坂がいったが、総員といっても今は三名の隊員が欠けている。星野夏実と神崎静奈はそろそろ北岳山荘に到着する頃だ。また深町敬仁は例の少年――山中惣を連れて下山し、母親が搬送された甲府東病院に車で向かっている。

「進藤と桐原、関は頂稜から懸垂下降で〝要救〟を捜索。他は救助のサポートにつく」

杉坂の声のあと、江草隊長が静かにいった。

「みなさん、くれぐれも気をつけて、基本を守り、絶対安全で救助活動をお願いします」

「出動準備にかかれ！」

杉坂の号令とともに、その場にいた全員が立ち上がった。

やがて隊員たちが救助用品を詰め込んだザックを担いで、待機室に戻ってきた。ちょうどそのとき、壁際の棚で無線機がコールトーンをけたたましく発した。

とっさに杉坂がマイクを取った。

「こちら、白根御池の警備派出所です。どうぞ」

――本署、沢井（さわい）です。先ほど、県警本部から緊急入電。都内で発生した殺人事件の被疑者とおぼしき人物が、昨日から北岳に入山中とのことで協力要請です。

地域課の沢井友文（ともふみ）課長の声だった。

「先刻、神崎先輩がいってた例の件ですね」

曾我野が小声でささやく。

その場にいた隊員たちの視線が杉坂に向いた。彼はマイクにいった。

「詳しい状況報告をお願いします」

――被疑者の名は川越伸彦、二十九歳。去る八月七日の深夜、元同僚の真山道夫を鋭利な刃物で殺害した疑いです。婚約者である松谷比奈子という女性とふたりで広河原から入山し、大樺沢経由でトラバースルートで北岳山荘に向かっています。現在、警視庁から捜査員が県警本部に来て、こっちに向かっているところです。

「被疑者の〝人着〟は送れますか？」

――今、ファックスが行くと思います。

その声が続いているうちに、出入口近くの受信機が感熱紙をゆっくりと吐き出した。

とっさにそれを取った進藤が顔を上げた。

「やはり間違いありません。神崎隊員からＬＩＮＥで送ってもらったときに気づいたんですが、俺、この男性ともうひとりの女性に大樺沢で会ってます。例の遭難した山中史香さんの第一発見者だったんですが、詳しい事情をうかがう前に立ち去ってしまいました」

杉坂は彼を見て頷き、またマイクに向かった。

「進藤と星野が被疑者らしき人物を目撃しているようです。われわれはどうすれば？」

──明朝、警視庁と県警の合同捜査チームがヘリで北岳山荘に向かいます。それまでの被疑者監視をお願いします。ただし、可能な限り静観でお願いします。

「万が一、何らかの凶行に及ぶことがあれば？」

少し間を置いて、沢井課長がいった。

──その場合、他の登山者、山小屋スタッフなどの安全確保のため、現行犯による逮捕執行はやむを得ません。

「派出所、杉坂。諒解しました」

ふたたびマイクを置いた杉坂副隊長が、神妙な顔で江草を見た。

「ハコ長。どうします」

江草が立ち上がり、静かにいった。

「われわれはあくまでも人命最優先。救助隊のプライオリティがあります。ちょうど神崎、星野両隊員が北岳山荘の直下にいますから、そのまま向かってもらいます」

「ふたりで大丈夫ですか」

曾我野がいうので、杉坂副隊長が奇異な顔になった。

「女性だからってことか。あくまでも捕り物は警視庁だ。われわれは見張るだけだから大丈夫だよ」

「いや、そういうことじゃなく……その、神崎さんが」

頭を掻きながら曾我野がいうので、その場にいた隊員たちが思わず苦笑した。

ただひとり、桐原だけを除いて。

3

手錠をかけられたまま、道なき道を歩くせいか、新崎浩治がバテ始めていた。

すでにとっぷりと日が暮れていて、夏実と静奈はともにヘッドランプを照らし、メイとバロンを先導させて渓の底から這い上がるように急斜面を登っている。

気温がどんどん下がってきて、三人と二頭の口元から白い呼気が闇に洩れている。

この辺りの標高はおよそ二七〇〇メートルぐらいである。

ゆうべはこんな場所で寒い夜を過ごし、よく耐えたものだと静奈が新崎に訊いたら、途中で別れた（当初ははぐれたといってごまかしていた）山中史香から、ウールのセーターとダウンジャケットを奪っていたらしい。何と悪辣な男だと呆れたが、一方で大樺沢のシュルンドに落ちてひと晩出られなかった史香が生きていられたのは、まさに奇跡といえよう。もっとも多くの場合、極限状況に強いのは女のほうなのだが。

ようやく旧北岳小屋跡地に到着して、三人は休憩を取った。

ここはあくまでも跡地であり、小屋があったのは一九三〇年代頃らしい。石積みで壁を囲い、その上に屋根を乗せただけの粗末なもので、六三年になってようやく尾根の上に鉄筋プレハブ構造の山小屋が造られ、北岳稜線小屋と呼ばれ、それが今の北岳山荘の前身となったそうだ。

夏実たちは小屋の基部である石積みの残骸に座り、水を飲んだり、犬たちを休ませたりしていた。ふたりともさほど疲れてはいないが、やはり一般人だけあって新崎は極限までバテていて、虚ろな顔でその場にうなだれて座っていた。

ようやく顔を上げたかと思うと、こんなことをいった。

「煙草、持ってないか」

夏実はヘッドランプの光で静奈の顔を見て、思わず苦笑する。

「ふたりとも煙草は吸いません」

新崎は眉根を寄せて鼻に皺を刻んだまま、そっぽを向いた。

やがて渋面を向けてきた。

「なあ、いい加減に手錠を外してくれんか。歩きにくくて仕方ねえよ。うっかり転んで擦り剝くだけじゃなく、怪我でもしたらどうすんだ？」

「それこそ自己責任」

「なるほどな。手錠を外せば、俺に逃げられるし、そうなったらあんたらの責任問題だ」

静奈が冷たく笑った。「本気で私から逃げられるとでも？」

新崎はあっけにとられた顔で彼女をまじまじと見つめ、ふいに悟ったようだ。

苦虫を嚙んだような顔で、また俯いてしまった。

「どうして史香さんといっしょになったんですか」

夏実に訊かれ、彼はふんと鼻を鳴らした。

「男と女のことじゃねえか。好いた好かれたにとくに理由はねえさ。そもそも、あいつの亭主の会社がでかい負債を抱えて倒産したとき、ちょいと融資してやったんだよ。そしたら史香の奴がこっちになびいてきたんだ」

「だから……惣くんのお父さんはあなたに頭が上がらないんですね」

新崎はニヤッと笑った。「そういうことだ」

「だったら、どうしてここまで来て史香さんを見放したんですか」

「そうじゃない。俺が見放されたんだ」

「え」

夏実は驚いた。「どういうことですか」

「去年までは株で大儲けをしてたが、ここんとこの不況でとことんダメになっちまった。あいつにゃ黙ってるつもりだったが、つい、な。歩きながら口論になって、ヒステリックに別れるっていい出しやがった。金の切れ目が縁の切れ目って奴だ。だから俺もカッとなって――」

「史香さんを殴った。防寒着まで奪って放り出したのね」

「向こうだって俺を利用するつもりだったんだ。どっちもどっちだろ？」

「惣くんのことはどうなんですか。あの子が独りでつらい目にあってるのに」

「クソガキのことなんか知るかよ」

横顔を見せ、おもむろに屈んで足下に唾を吐いた。

「夏実。もういい」

静奈が割って入った。「ホントにどっちもどっちよ。だからこれ以上、あなたが関わらないことね」

夏実は口元を歪めて俯いた。

静奈がそっと手を伸ばし、夏実の腕を軽く叩いてくれた。

そのとき、静奈のザックの中から携帯の呼び出し音が鳴り始めた。

彼女はザックを下ろし、スマホを引っ張り出す。

「大柴さん……」

そういいながら、スマホを耳に当てた。「もしもし？」

――さっきの新崎浩治だがな。二年前に起こった保険金殺人事件の被疑者のひとりとして名が挙がったばかりだ。これから指名手配の手続きに入るところだ。

静奈がスマホを持ったまま、思わず新崎のほうを振り向いた。

「驚いた。マジ？」

――逮捕はお手柄だ。あとでうちのほうに引き渡してくれ。

「諒解」

スマホをしまった静奈が新崎にいった。

「驚いたわ。あなた、とんだ重罪の被疑者なのね」

彼は渋い顔をしてよそを向いた。

「こんな山ン中でばれるとはな」

鼻の下をこすってから、またいった。「なあ。本当に煙草、持ってねえのか」

夏実も静奈も口を閉ざしたままだった。

さらに一時間、歩いた。

これまでになく急登だったが、新崎は手錠のまま、黙ってついてきた。

途中で警備派出所の杉坂から無線連絡が入り、救助隊全員がバットレスでの事故の救助に向かったという。おかげで夏実たちは、いやでも北岳山荘において殺人事件の被疑者の見張りを担当することになった。しかも、別の事件の被疑者を連れたままとなる。

バットレスの事故が片付き次第、北岳山荘に駆けつけると杉坂はいってくるが、状況が状況だけにあっさりと現場撤収はできないだろう。

やがて斜面の上に山小屋の明かりが見えてきた。その手前のフラットな場所にテントが点在し、それぞれの内側からほのかに光が透かして見えている。三人と二頭の犬は黙々とその間を歩き、北岳山荘の正面入口に到着した。

犬たちを表で待たせ、扉を開けると、上がり口付近に三名、中高年男女の登山者がいてくつろいでいる。受付カウンターの向こうに、黄色いトレーナーを着たスタッフ――栗原幹哉の姿があった。管理人が去年、退職し、まだ後任が決まらないということで、今は彼が管理代行として小屋を仕切っている。

「お疲れ様です」

ザックを下ろしながら静奈がいった。

「無線で報告したとおり、例の件のことで……」と、ささやき声になる。

「わかっています。〝お客様〟はさっき夕食を終えられて二階の〈農鳥〉の部屋に入られてます。今のところ何もありませんが」

「どんな人？」と、夏実。

「お見かけしたところ、ごく普通の若い男性ですね」

「そんなものよ」

静奈がフッと笑う。

「あとは任せて。明日の朝まで私たちで見張ることにするから」

「とにかく、くれぐれも他のお客様のご迷惑にならないようにお願いします」

「ええ」静奈が応え、微笑んだ。「可能なかぎり」

4

山小屋の消灯は午後八時である。

部屋の明かりが消えても、伸彦は眠れそうになかった。暗がりの中、何も見えない天井を凝視している。

すぐ近くに布団を敷いた太り気味の中年男性が、さっそく鼾(いびき)を高らかに鳴らしている。反対側に寝ている比奈子は登山の疲れのためか、軽い寝息を立てて深く眠っているようだった。

伸彦の意識は冴えたままだった。まさに騒音ともいえる鼾は不快に思ったが、それだけではなく、夕方に見かけた田村透子のことが意識に刻まれ、どうしても離れようとしない。

あのとき交わした言葉のひとつひとつが、くっきりとよみがえってくる。

とりわけ最後に彼女がいい残した言葉。

――あとでまた。

あれはどういう意味だったのだろうか。

闇の中で目を開いたまま、ずっと考えていた。

傍らからは中年男性の鼾が大きくなったり、小さくなったりして続いている。それを聞いているうちに、少しずつ苛立ちが高まってきた。生理現象のひとつとはいえ、知らない人間の鼾や歯ぎしりは神経に障(さわ)る。

気がつけば伸彦は、布団の中でズボンのポケットに右手を入れ、あのスイス・アーミーナイフを握っていた。あいつの上に馬乗りになって、ライトを照らしながら乱暴に掛け布団を剝がす。驚いた顔を向けてくる太った中年男の喉首を、思い切ってかき切ってやったら、どんなにスカッとするだろうか。

そんな衝動を必死に抑えていた。

一人殺すも二人殺すも同じだ——という定番の台詞があるが、まさにそのことを考えていた。本当なら、こんな下らない駻野郎じゃなく、もっと深刻な相手を殺害の対象として考えなければならない。田村透子は知っているのだ。あのとき、俺が彼女の兄を墜落させたことを。

透子の冷笑が記憶に浮かんできた。

小さな唇を吊り上げたその笑みの中に、なんともいえない恐ろしさを感じ、伸彦はズボンのポケットの中でナイフのハンドルを力いっぱい握りしめた。なぜかそれは掌に異様に冷たく感じられた。

脳裡にある透子の貌がいつしか柾行のそれになっていた。

谷川岳一ノ倉沢。伸彦がこのナイフでザイルを切った瞬間、大きく目を見開き、彼を見つめながら眼下の虚空に吸い込まれるように小さくなって消えていった。あの最後の表情が、今にして思えば透子の容貌にそっくりだった。

兄妹だから似ているのは当たり前だと思うが、それだけではない気がする。まるで死んだ柾行の魂が透子に憑いて、氷のような微笑を浮かべながら復讐をもくろんでいるような気がした。

呪われているのだと思った。

その呪いを解く方法はただひとつしかない。

田村透子という存在を消す。

どこまでも血塗られた人生だった。あの日あのとき、柾行の目の前でザイルを切った瞬間から、自分はその人生をたどることになった。もはや後戻りはできない。

——あとでまた。

ふいに透子の声がふたたび意識によみがえった。

すぐ耳元でいわれたように、リアルに聞こえてきた。

5

夏実たちは北岳山荘に隣接する、こぢんまりとしたログコテージ風の平屋造りの建物の中にいた。正面入口には〈S大学北岳診療所〉と縦書きに大きく揮毫された立派な看板がかけられている。

ちょうど三日前、ここに詰めていたS大学医学部の医師と学生たちは夏山診療のシーズンを終えて下山したばかりで、建物がまるまる空いていたため、都合が良かった。診察室の奥には寝室もあり、寝泊まりができるようになっている。

北岳山荘管理代行の栗原幹哉から許可をもらい、夏実たちはここを借りることにした。

メイとバロン、二頭の救助犬を診療所の中に入れるわけにはいかないため、今夜は外で眠ってもらうしかない。

夏実たちは携行していたドライフードで夕食を作り、新崎浩治にもそれを与えた。小さなバーナーで煮炊きをし、お湯でふかしたアルファ米とおかずをコッヘルでかき込むだけの簡素な食事だ。向かい合わせに診察室の床に座って食べ終えると、新崎がさっそく不平を口にした。

「酒もねえ、煙草もねえか」

静奈がシラケた顔で彼を見て、鼻で嗤った。「何いってんの。逮捕されたのよ」

手錠をかけられたままの新崎は彼女をにらみ、不機嫌に黙り込んだ。その場にごろりと仰向けになり、高々と足を組み、手錠のままの腕枕で目を閉じた。

「さて、どうします。被疑者の見張り」

夏実が口にすると、静奈が神妙な顔になった。

「今のところ、とくにトラブルもなく小屋泊まりをしているようですし、このまま放置していても大丈夫そうな気がしますけど」

「そうはいっても任務だから、やっぱり見張りを立てる必要があると思う。万が一、何かあったときは、すぐに対処できるような場所にいたほうがいいわ」

腕組みをして静奈がいい、横たわる新崎を見た。「――といっても、彼もいるし……ここは朝まで寝ずの番をして双方を見張るしかなさそうね」

「ですね」

「北岳山荘のほうを見張ってもらえる？　三時間で交代ということで」

「わかりました」

夏実は立ち上がった。

診療所の出入口の前で、一度だけ振り返る。

新崎はまだ仰向けになって目を閉じ、寝息を立てている。さすがに疲れていたのだろう。しかし静奈は少し離れた場所の壁に背を凭せて座り、独特の鋭い眼差しで彼をじっと見ている。その姿に頼もしさを感じ、夏実はドアを開け、外に出た。

暗がりの中、ひんやりとした山の夜の空気が身を包む。二頭の救助犬が柱につながれて伏臥していた。夏実の姿を見て、双方がむくっと身を起こした。

メイとバロンの前で膝を曲げて腰を落とし、二頭の顔と背中を優しく撫でた。とりわけメイが激しく尻尾を振ってきた。

「あなたたちもしっかり見張りをしてね」

ささやき声でいい、立ち上がった。

北岳山荘の正面入口の扉をそっと開け、中に入った。非常灯だけが灯った真っ暗なフロアで靴を脱ぎ、壁際にあった小さな台を椅子にして座った。

じっと薄闇を見つめた。

こんなとき、スマホを見るわけにはいかず、読書もできない。しかしこうして独りでいることは嫌いではない。むしろ自分に向き合える貴重な時間だと思う。

消灯時間が過ぎた山小屋は闇と沈黙に包まれている。

昼間はうるさく聞こえる発電機の音もなく、スタッフや登山者たちの会話や笑い声もない。階段の上にポツンと灯った緑の非常灯が暗がりににじみ、静寂の中、どこかの部屋からかすかに鼾や寝息が聞こえてくるばかりだ。

小屋の外にいるだろう、メイたち救助犬のひそやかな息遣いが聞こえるというか、感じ取れるような気がして頼もしく思えた。

川越伸彦という名の被疑者は今、きっと客たちの中で眠っているのだろう。

このまま、何ごともなければそれでいい。朝になれば県警本部と警視庁の人たちがヘリでやってくる。そのときはきっと捕り物になるだろうが、それは自分たちでなく、彼らの仕事だ。

八本歯のコルで川越伸彦と婚約者の女性に会ったときのことを思い出した。

彼の後ろ姿に重なり、揺らいでいた〝色〟は、あきらかに邪(よこしま)な感じがした。おぞましさに背筋が寒くなったほどだ。それはあの男性自身ではなく、彼に憑いた何かが発した邪気のような気がした。

しかしながら、いつものように、その力は夏実に何かを見せたり感じさせてくれるだけで、具体的なことをいっさい教えてくれない。

そこが力の限界であり、ひるがえって、自分は何かに試されているのだろうとも思う。

それにしても山でクライミングの相棒を墜死させ、あまつさえ会社の同僚を刺し殺すような人間が、どうして婚約者の女性とこんな山に来るのか。

殺人者といっても、おおくは平凡な人間にすぎない。わざわざ好き好んで自分から人を殺し、犯罪者になろうと思うはずがない。だから他人をあやめた人間は、平凡な日常生活に戻りたくて悪あがきをしようとするのだろう。それがたまたま登山だったという話だ。

山は毎年のように大勢の登山者を迎え入れる。

人の数が多ければ、それだけ歓迎されざる者も混じることになる。こんな山奥でも窃盗があったりするし、まれに殺人事件のような悲しい出来事も起きる。だからこそ、山に常駐し、救助活動を行う自分たちが、一方で警察官であることにも意味があるのではないだろうか。

思えば、人生のめぐり合わせのように、夏実はメイといっしょにこの山へとやってきた。そしてここが生き甲斐を感じる場所となった。メイがいなかったら、あるいは自分が警察官でなかったら、きっとこの北岳という山とは生涯、出逢うことがなかったかもしれない。それはまさに偶然のめぐり合わせだったと思う。

もうひとつ、自分の中にあるこの不思議な力が、北岳という山に引き合わせてくれた。あるいは北岳そのものに呼ばれたのだろうか。

警察官は市民の命と生活を守ることが仕事だ。その警察官にして、山岳救助隊員でもある夏実は、山に来る人々の命を守るとともに、この山そのものも守るべきだと思っている。だからこそ、山を脅かす存在に悪しき〝色〟が見えるのかもしれない。

すべては縁であった。

ふと気がつき、薄闇の中、手を挙げて腕時計を見た。

ちょうど三時間が経過していた。

いつだってそうだ。ぼんやりと考え事をしていると、時間が加速したように過ぎている。

人がぼうっとしているとき、実は脳がフル活動しているという話をどこかで読んだか聞いたことがあった。それまでの記憶を整理し、デバッグを行い、脳内のコンピュータを最適化するために動いているのだろう。それを知ってから、夏実はぼんやりする時間をむしろ大事に思うことにした。

そろそろ静奈さんと交代しなきゃ。

夏実はそっと椅子から立ち上がり、登山靴を履いて、北岳山荘の外に出ていった。

診療所のドアが開き、静奈が外に出てきたところだった。

犬たちが立ち上がり、そろって尻尾を振り始めた。

「夏実。お疲れ様。代わるわ」

「お願いします」

片手をかざした静奈。その手に自分の掌を合わせざま、夏実は彼女とすれ違い、診療所の中に入っていった。

6

バットレス上部で孤立していたのは三人の男子大学生だった。

クライマーたちが〝マッチ箱〟と呼んでいる大岩の突起と、〝枯れ木テラス〟と呼んでいる平坦な岩場のちょうど中間辺りでザイルで自己確保したまま、ひたすら救助を待っていたようだ。

落石で負傷したのは三人のうち、ふたり。ひとりは左肘付近に受けて骨折し、もうひとりはヘルメットが割れるほどの頭部への直撃だったようだ。どちらも意識は明瞭だが、さすがに気力も体力もなくなって、現場から垂壁を登攀するどころではなかったらしい。

ちょうど頭上に満月がかかっていた。

その青い光でバットレスの壁面が美しく照らし出されている。風はなく、夜の山の空気が冷たく冴え渡っていた。

トップを切って懸垂下降したのは進藤だった。

ワンピッチでおよそ四十メートル下の〝枯れ木テラス〟に到達し、足場の縁からライトで下を照らすと垂壁に張り付いている三人の姿が見えた。声かけに応えがあり、みな元気そうだった。

「いま、そちらに下ります」

要救助者たちに伝えているとき、カラビナがぶつかり合う音がし、ザイルが揺れて、桐原が下りてきた。

まったく無駄のない動きで四十メートルを一気に滑り降り、手前で制動をかけながら、進藤の隣に下り立った。それを見て進藤は思わず口笛を吹きたくなった。

「本当にクライミングは未経験だったのか」

「ここで深町さんに鍛えてもらいました」

いつものようにニコリともせず、桐原がいう。

進藤は無言で肩をすくめた。

続いて関真輝雄隊員が下りてくる。岩登りに慣れているため、やはり動きは素早い。

彼らは二ピッチ目を下りるために確保を構築するべく、ハーケンを岩の亀裂に打ち始める。ハンマーで叩かれたハーケンが沈んでいくと、金属音が次第に高くなっていく。それぞれ三カ所ずつやってカラビナを掛けた。

三人は別々の場所にビレイポイントを構築し、平行に三本のザイルを垂らしながら同時に下降を始めた。

〝枯れ木テラス〟からおよそ十五メートルばかりの地点。

要救助者三名は、垂壁のわずかな段差にかろうじて立って、岩角を摑んでいた。彼らの真上に降下しないように、進藤たちは少し距離を空けて定位し、そこにビレイポイントを作った。

「ありがとうございます」と、ひとりが弱々しい声でいった。

関がヘッドランプとは別にLEDのフラッシュライトを取り出し、三人の様子をうかがった。落石が頭を直撃したという青年は、ヘルメットが見事に割れていた。想像を絶する衝撃だったようだ。さいわいヘルメットのおかげで頭部へのダメージがなかったのか、ライトの光の中で表情が明るいのが救いだった。

もうひとりは左の肘骨が折れているようで、肩をすくめるように手をかばっていた。むしろそちらのほうが、しんどそうに顔を歪めている。

ゆいいつ無傷なひとりは斉藤と名乗り、大学山岳部の部長というだけあって、しっかりした受け答えだった。

医師免許を持っている関が三人の容態をざっと診て判断した。

「搬送で行けそうだな」

関の声に頷いた進藤がいう。

「これからひとりずつ背負いで登ります。みなさんにレスキューハーネスを装着していただきますが、そのとき、バランスを崩さないように注意して、とくに足場に気をつけてください」

進藤が背負っていたザックをいったん背中から外し、レスキュー仕様に変形させ、まず頭部を負傷したひとりに装着し、背中に密着させるように背負った。垂れているザイルに昇降機であるアセンダーをセッティングする。

続いて桐原が同じようにレスキューザックを下ろしたので、進藤が心配になる。

「大丈夫か、桐原?」

「楽勝で行けますよ」

と、かすかに口元を吊り上げる。それが彼の笑いだと、進藤はあらためて気づいた。

7

腕時計の小さなボタンを押すと、青いデジタル数字が闇の中に光った。

午前三時になろうとしていた。

つかの間、うとうとと軽く寝入っては起きる。それを繰り返していた。

相変わらず同室の男性の鼾がかまびすしい。

が、伸彦の意識はそこから完全に逸れていた。脳裡にあるのは、夕方に小屋の横で出会った田村透子のことだけだ。彼女の冷ややかな視線に恐怖を覚え、つかの間、浅い眠りに入るたび、透子の姿が夢に出てきた。

とうとう目が冴えて上体を起こした。

消灯でまったき闇になった相部屋に男の鼾だけが聞こえてくる。

傍らの比奈子はまだよく寝ているようだった。

――あとでまた。

透子の声が幻聴となって意識に繰り返される。その言葉の意味を考えていた。

山小屋の外に彼女がいる。

きっと自分を待っているはずだ。つまり、彼女と対決しなければならない。

伸彦は手探りでたぐりよせたザックからダウンジャケットを引っ張り出し、それをはおった。枕元に置いていたヘッドランプを取って、登山靴を入れた袋を手にし、そっと部屋を抜ける。戸を静かに開いて通路に出ると、暗い中に非常灯の緑のランプだけが灯っている。

階段に向かおうとして、ふと気づいた。

一階フロアの上がり框（がまち）に近い場所に、誰かいる。その姿が黒い影となって薄闇の中に溶け込んでいた。思わずギョッとして足を止め、それを凝視した。まったく身じろぎもしないため、まるでそこに人形があるように思えた。

よく見ると若い女だった。

田村透子ではなかった。

ポニーテールの髪型で、スレンダーな体型。背筋を伸ばし、壁に凭れて座っている。

その姿から、まるで殺気が放たれているような気がし、緊張に身体がこわばる。伸彦は息を止め、すり足で後退った。途中、かすかに板がギュッと音を立て、伸彦は硬直した。

が、どうやら聞かれていないらしく、人影は動かない。

そのまま、なおも後退りを続け、その姿が見えなくなったところで向き直り、通路の反対側に向かって抜き足差し足で歩く。

突き当たりのドアが非常口になっていた。

ドアの手前で袋から出した登山靴を履き、紐を締めた。ドアの把手(とって)を回し、ゆっくりと開くと、冬のように冷たい外の夜気が顔を舐めた。伸彦はそのままドアの隙間から抜け出すように建物の外に出た。

非常階段を、音を立てないように慎重に下ってゆく。


ほんのつかの間、うたた寝をしてしまった。

フッと目を開いた静奈は、二階の通路の奥でかすかにドアが開閉する音を聞いたような気がした。首を曲げてそちらをじっと見据える。が、それきり音はせず、薄闇の中に階段と、その向こうに並ぶ客室のドアが見えているだけだった。

静奈は立ち上がり、眉根を寄せながら二階を見上げていたが、ふいに息をつき、また座った。風で非常口のドアが揺れたのかもしれない。

そう思って、また正面を向いた。

診療所の中にいる夏実のことがどうしても気になった。新崎は食事のときですら、ずっと両手に手錠をかけている。ふたたび夏実に対して暴れ出したり、乱暴な行為に及ぶことはないだろうと思った。

椅子に座ったまま、足を組み、腕組みをして、じっと薄闇を見つめる。

腕時計を見た。

午前三時十四分。まだ、朝まで時間がありすぎる。

8

「なあ」

声をかけられ、うとうとと舟をこいでいた夏実がハッと目を覚ました。

診療室の壁に凭れたまま、眠っていた。

あわてて目をこすり、向き直ると、すぐ近くに新崎浩治が胡座をかいて、こっちを見ている。その両手にかかった手錠を見て安心する。

ところが彼は視線を離そうとしない。その気味悪さに思わずいった。

「何ですか」

「さっきから我慢してたんだ。小便させてくれ」

夏実は鼻息を洩らした。

「我慢できませんか」

「もう限界だ。洩れそうなんだよ」

切実そうな表情だった。口をへの字に曲げ、胡座をかいたまま、しきりに肩を揺さぶり、せわしなく貧乏揺すりをしている。

夏実は眉根を寄せた。

静奈は山小屋にいるし、どうしようかと迷った。お互いにトランシーバーを持っておくべきだったと、今さらながら後悔する。

「わかりました。立ってください」

「すまねえな」

新崎は夏実を見ながらゆっくりと片足ずつ立てて、立ち上がった。夏実も油断なく彼をにらみながら立ち、出入口に向かう。診療所のドアを片手で開いた。たちまち冷たい夜気が忍び込んでくる。

いったん外に出ると、柱につながれていた犬たち――メイとバロンが夏実たちを見た。真っ暗な中、ふたつのシルエットになっているが、診療所の窓から洩れる明かりのおかげでそれぞれの目が燐光(りんこう)のように青く光っている。

建物の戸口から、手錠をかけられた新崎が出てきた。夏実を見て尻尾を振っていた犬たちが、とたんに緊張したように動きを止めた。

「メイ、待て。バロン、ステイ」

それぞれの犬に声符を送り、夏実は新崎を手招きした。

歩き出す夏実のあとを新崎がついてくる。

北岳山荘に隣接するトイレは、本館と同じ赤いトタン屋根でかなり大きな建物である。

深夜なので当然ながら人けはない。

コンクリの階段を上った新崎を先に中の通路に入らせ、あとから夏実が続いた。ヘッドランプで照らすと通路の左右に個室が並んでいる。ドアはそれぞれ金属製だ。バイオトイレのおかげで悪臭は極端になくなっている。ひんやりとした空気が暗い通路を包んでいた。

「悪いけど、手錠を片っぽ外してくんねえかな」

真ん中付近の個室の前で新崎がいった。手錠をかけられた両手を夏実のほうに向ける。

「そのままでできませんか？」

「無理だよ。こんな手でやったらズボンを下ろせねえし、濡れちまうだろ」

彼は大きく口を歪めて笑った。「それとも、ねえさんが手助けしてくれるかい？」

夏実は顔をしかめた。

黙って手錠のキーをズボンのポケットから出し、差し出していた新崎の両手のうち、右手のほうの手錠を外した。油断なく、二歩ばかり後退った。

「早くしてきてください。ドアにはカギをかけないで」

新崎はまたニヤッといやな笑みを残し、個室に入った。ドアが閉じられると、入口脇の、使用中のランプが灯った。

夏実はふうっと吐息を投げ、ヘッドランプの光を灯したまま、トイレの通路に立っていた。とりあえず抵抗してきたり、変なことをしてこなかったために安心する。個室に逃げられるほどの大きな窓もない。が、もちろん油断はできない。相手はただのＤＶ男ではなく、保険金殺人までやっている重要犯罪人だ。

不安と焦燥（しょうそう）に包まれながら夏実は待った。

五分も経った頃、恐る恐るドアを二度、ノックした。

「新崎さん。まだですか？」

ところが返事がない。夏実の声はけっして大きくないが聞こえたはずだ。

「新崎さん？」

やはり個室の中は静まり返っている。

夏実は途惑った。どうするべきかと逡巡した。

このまま待つか。それとも思い切ってドアを開けてみるか。何か悪いことを企んでいるのかもしれない。が、中で倒れているという可能性もある。何しろ山慣れしていない彼を、ずいぶん無理させてここまで連れてきたのだ。

仕方ない。油断しないように、ドアを開けてみよう。

そう思って個室のドアノブに手をかけ、そっと回した。

刹那――。

乱暴にドアが開かれ、夏実の顔にまともに激突した。彼女はもんどり打ってコンクリの通路に仰向けに倒れ、背中と腰を強打した。あまりの痛みに悲鳴も出ない。

体を反転させ、膝を突いて立ち上がろうとしたとたん、思い切り顔を蹴られた。

夏実はまたすっ転んで、トイレの掃除用具が入った扉に背中からぶつかる。反動で扉が開き、何本かのモップが倒れてきた。

横倒しのまま顔を上げようとすると、鼻腔の奥に生温かな感触があり、だらりと鼻血が垂れて口元を濡らした。左目の周囲が熱を持って腫れ始めている。

自分を跨ぐように立っている新崎の姿があった。彼女を見下ろしながら、口をひん曲げて笑みを浮かべていた。

「甘ちゃんだな、あんた」

おもむろにのしかかり、夏実の鼻と口を掌で押さえ、同時に喉首を締め付けてきた。左手にかけられたままの手錠が、金属音を立てて夏実の頬に当たった。夏実はくぐもった声を放ったが、強引に息を止められ、男の体重をまともに受けて体が動かない。

9

伸彦は北岳山荘の外にいた。

気温は低く、まるで冬のように吐く息が白くなる。頭上に大きな満月が凍り付いたようにかかり、青い光で夜の世界が満たされていた。そんな中を、伸彦がひっそりと歩く。登山靴で踏まれるたび、砂礫がジャリッと音を立てている。

尾根が遠くまで続き、ずっと先に間ノ岳の黒い山影が立ち上がっていた。

左を見ると、棚田のようにだんだんになった平地に並ぶテントは、いずれも真っ暗なままだ。そのずっと彼方に、甲府らしい街明かりが無数の宝石の光輝を放っている。

少しつま先上がりになった坂を越えると、向こうが広場のように平坦になっていた。

山小屋のヘリポートらしい。

その広い空間の真ん中に、人影が立っていた。

伸彦は思わず足を止め、凝視した。ちょうど叢雲が満月にかかり、周囲が暗くなっていた。おかげでそれは小さな影法師のように見えた。幽霊が立っているのかと思い、恐ろしくも感じた。

よく見れば、小柄な女性のようだ。

互いの距離は十メートルぐらいだった。

「透子さん……？」

おそるおそる声をかけたが、沈黙が続いた。

伸彦は顔をしかめ、じっと人影を見つめる。まるで黒い彫像のように微動だにしない。

次第に恐怖がつのり、彼はズボンのポケットに入れた手で、あのナイフを摑んだ。

それはなぜか氷のように冷たかったが、まるで護符のように感じられ、汗ばんだ手で強く握りしめた。

「兄を……墜としたんですね」

　女の声が聞こえた。

　しばし口を閉じていたが、伸彦はいった。「仕方なかったんだ。たまたま柾行のほうが下にいたから」

「あなたひとりが生き残るため？」

「そう。それに……俺は結婚をひかえていた」

　しばしの沈黙のあと、影がいった。

「兄を殺して勝ち取ったあなたのその人生は、本当に幸せなんですか」

　言葉が胸の奥に深く刺さった。

　幸せなはずがなかった。自分のその人生を守るために、さらに人を殺す羽目になった。そして今もなお、この世でたったひとり、あの事故の真実を知る者を殺すべきかと心の中で迷っている。そんな血まみれな人生がけっして幸せであるわけがない。おぞましい負の連鎖でしかない。しかしいったん踏み込んでしまったからには、もはや戻ることはできないのだ。

　伸彦は決心した。

　ズボンのポケットから出した右手に、あのナイフが握られている。

左手でゆっくりとブレードを引き出した。カチリと金属音がしてロックがかかった。

静奈は薄闇の中で二階通路を見上げていた。

やはりおかしい。

さっきドアがかすかに音を立てたとき、小屋の中の空気がわずかに動いた気がしたのだ。

椅子からそっと立ち上がり、彼女は階段を上った。通路に並んだ部屋の扉はすべて閉じられている。そのずっと先に非常口のドアが暗がりに浮き出して見えた。

足音を殺すように歩き、突き当たりのドアの前に立った。

それは完全に閉め切られておらず、わずかに隙間が空いているのに気づいた。

ここを管理している栗原幹哉は、けっこう細かなことにこだわる。こうした閉め忘れなどにはうるさく、若いスタッフを説教することも多々あったぐらいだ。

足下を見ると、少し汚れた白いレジ袋がクシャクシャになって捨てられていた。登山靴を入れていた袋に違いない。だとすると、誰かがここから外に出ていったのだ。小屋のスタッフではない何者かが。

そっとドアを開くが、外はまったくの闇だ。

空を見上げると月が雲に隠されている。

ドアを閉めた静奈はいったん通路を引き返し、階段を下りて一階ロビーに向かった。そこで登山靴を履いて、正面出入口から山小屋の外に出た。

隣接する北岳診療所から窓明かりが洩れている。

その手前につながれた二頭の犬が、じっと静奈を見つめている。それぞれの対の瞳が青く光っている。静奈は傍に行って、バロンのリードを柱から離した。メイだけ残してもうしわけないが、ここは自分がハンドリングする犬の嗅覚が必要だった。

北岳山荘の非常口があるほうへと、静奈はバロンとともに歩き出した。

暗がりに自分の靴音と、かすかな犬の爪の音が続く。

一度だけ、気になって、またチラリと診療所の建物を見る。が、相変わらず小さな窓明かりが闇にポツンと見えているばかりだ。夏実はきっと無事に違いない。

10

バットレスの垂壁から要救助者三名を担ぎ上げた救助隊員たちは、ようやく足場の安定した場所でザイルを回収することができた。

要救助者一名はほぼ無傷だったが、あとの二名のうち、ひとりは肘骨の損傷があるうえ、頭部に落石の直撃を受けた三人目の若者はやはり要注意だった。たびたび関に眩暈（めまい）や気分の悪さの有無を訊ねられたが、今のところ何もない様子。折りたたみの担架は人数分を用意してあったが、三人とも自力歩行が可能ということで、肩の小屋まで付き添いで下ることになった。

この場所から頂上まではおよそ二十分。そこから肩の小屋まで四十分と、ほぼ一時間の歩行となる。

遭難用具の回収と収納が続く中、曾我野隊員が警備派出所に無線で状況を伝えている。

トップを切って救助した進藤はさすがに疲れていたが、休むわけにもいかない。

さっきまで月明かりが眩（まぶ）しいほどだったのに、いつの間にか頭上を雲が覆い、周囲はすっかり闇に包まれている。おかげで全員のヘッドランプがあちこちで動いていた。

「進藤さん」

曾我野の声に振り向いた。「どうした」

「北岳山荘にいるはずの神崎さんたち、応答しないんですが」

進藤はふたりが無線に出られない理由を考えた。

救助で疲れ切ってどちらも寝ているのか。そんなはずがなかった。

確保している要救助者は、過去に保険金殺人に関わった被疑者だ。しかも、別の事件を起こしたとおぼしき被疑者が一般の登山客に混じり、山小屋に宿泊している。彼女たちにとって、その見張りという重要な任務もある。

となると、ふたりが無線に応答しない理由はひとつしかない。

それは最悪の事態といえた。

進藤は立ち上がりざま、いった。

「神崎、星野両隊員に何かあった可能性がある。そのため、〝要救〟搬送と神崎隊員たちの応援と二班に分けることにする」

「俺、北岳山荘に行きます」

いちはやく曾我野が挙手したが、進藤はこういった。

「一刻を争う事態かもしれないため、ここはチームの中でもとりわけ足の速い二名を選ぶべきだと思う」

向き直って続けた。「桐原、俺といっしょに来てくれるか」

「わかりました」

桐原が進藤の前に立った。

「残りは〝要救〟の搬送を続けてくれ。どちらも命にかかわる重大なことだ」

「諒解」

曾我野、横森、関が敬礼をしてきた。

11

鼻と口を掌で覆われ、しかも喉首を締められて、夏実は窒息しかかっていた。

汗ばんだ男の顔が真上に、息がかかるほど近くにあって、目と歯を剥き出していた。

その光景に重なり、白黒の粒子が舞い飛ぶのが見えて、しだいに意識が薄らいでいく。

このまま、死ぬのか。

夏実がふとそう思ったそのとき、犬の声が聞こえた。

ずっと遠くから吼えている。まぎれもなくメイの声だ。夏実に何か異変があったのを察知したのだろう。

気づいたとたん、視界の端に〝色〟が見えた。

かすかだったがそれは妙に存在感があった。青白い、きれいな輝きだった。誰かが何かを知らせようとしている。そう気づいて、彼女は横目で見た。

感度の悪いフィルムみたいにざらついた視界の中、冷たいコンクリの床に横たわった自分の右手が見える。すぐ傍に掃除用具入れから倒れたモップが一本あった。その木製の柄が青く光って目立っていたのだ。

夏実は指を動かしながら、何とかモップの柄を逆手で摑んだ。

自分にのしかかっている新崎浩治の脇腹に、先端を突き込んだ。新崎が顔を歪め、仰け反った。刹那、夏実の口元と喉首から手が離れた。冷たい空気が一気に肺に戻ってきて、薄れかかっていた意識がクリアになった。

夏実は床に手足を突き、立ち上がった。

「てめえ！」

怒鳴りながら新崎がかかってきた。

風を切って飛んできた拳をかわし、夏実はモップの柄を両手で握り、身をひねりながら野球のバットのように水平にスイングさせた。最前、先端を突き込んだ新崎の左脇腹にまともに入った。柄がふたつに折れて、モップ本体がある側がすっ飛んでいった。

新崎が目を剝き、体を折り曲げる。

しかしまだ倒れない。片手で左腹部を押さえながら、新崎が夏実に向かってにじり寄ってきた。

その左手首にかましたままの手錠が振り子のように揺れていた。まともに組み付かれたら劣勢になる。そう思いながら、夏実は短くなって右手に残ったモップの柄をかまえた。

署でいやというほど叩き込まれた警察官の逮捕術を思い出した。その中に警棒を使うものがある。

夏実はモップの柄を体の前で低くかまえた。口を尖らせて息をゆっくりと吐き、自分を落ち着かせる。

左脇腹を押さえながら隙をうかがっている新崎が、歯を剝き出しながら襲いかかってきた。

素早く伸ばしてきた左手首をモップの柄で叩いた。うめいてバランスを崩した新崎にタックルするように組み付いた。新崎が二、三歩後退り、個室のドアのひとつに激しく肩からぶつかった。とっさに相手の右手を摑んで背中に絞り上げた。たまらず膝を突いた新崎が顔から床に落ちた。

膝で新崎の腰を押さえつけながら、夏実は相手の右手を後ろにひねり上げ、左手首にかけていた手錠をとってかけた。

ギリリとギアが嚙む金属音がした。

新崎は後ろ手に手錠で拘束され、俯せになっていた。

ハアハアと荒く息をつきながら、夏実は立ち上がろうとし、果たせずに尻餅をついた。

一瞬、気が遠のきそうになるのを、頭を振って堪えた。

風邪(かぜ)の鼻詰まりのように鼻で息ができなかった。殴られて鼻血が出たせいだと気づいた。そっと手を当てると顔の左側が熱を持ち、かなり腫れているのがわかる。

そのときになって、ようやく恐怖を実感し、夏実は激しく震えた。泣き声が洩れそうになるのを手で口を覆って抑えた。

遠くでメイの吼える声が続いていた。

12

比奈子は目を覚ました。

山小屋の部屋の中は真っ暗だったが、周囲に寝ていた他の登山者たちが起きて、小声で話し合ったり、ごそごそと動いている気配がする。

さっきまで意識の片隅で聞こえていた鼾の音も、パッタリと止んでいた。

何だか妙な雰囲気だと思ったら、どこか遠くで犬がさかんに吼える声がしている。

こんな場所にどうして犬がいるのだろうかと思った。

――何だか妙に外が騒がしいけど、何かあったのかな。

――火事だったりしたら怖いわ。

他の客たちの会話がボソボソと聞こえてきた。

ハッと気づいて、傍らを見た。暗がりで見えないので手を伸ばすと、伸彦が寝ていたはずの掛け布団が剝がされ、敷き布団の手触りしかなかった。仕方なく、枕元に手をやってヘッドランプを摑み、スイッチを入れた。

ＬＥＤの光で照らすと、やはり伸彦が寝ていた布団に本人はいなかった。

トイレにでも立ったのかと思ったが、違う。枕元にあるはずの登山靴を入れた袋が見当たらないのだ。

じっと考えた。

こんな夜中に外に出かける意味があるのだろうか。星空を見るとか、そんな理由ならわかるが、何よりもいやな予感があった。伸彦の、とりわけ北岳に来てからの様子に違和感というか、不安をともなう困惑を覚えていた。

きっと彼は何かを隠している。それもとりわけ重大なことを。

ふいに外の騒ぎが大きくなった。誰かが通路を走る足音がした。複数だった。

比奈子はザックをたぐり寄せ、中から厚手のフリースを引っ張り出した。袋に入れた登山靴とともに、それを持って立ち上がる。そっと部屋を出た。

通路には明かりが灯っていた。階段の上から見下ろすと、一階フロアの受付近くに、見覚えのあるスタッフが数人いた。

比奈子は階段を急ぎ足で下りると、彼らのところに行ってみた。

「何があったんですか」

スタッフたちがいっせいに振り返り、黒のフリース姿の青年がいった。

「外にいる救助犬が吼えてるんです。めったにそんなことはないんですが、何かあったのかもしれません」

何かあった——そう聞いて、胸の中の不安が大きくなる。

上がり框に腰を下ろし、登山靴を履いた。フリースをはおって扉を開き、外に出た。

真っ暗な中、冷たい夜気がたちまち比奈子を包み込む。真夏のはずが息が白くなるほどの寒さに驚く。

小屋のちょうど反対側に小さなログコテージ風の建物がある。入口に〈S大学北岳診療所〉と書かれてあり、窓に明かりが灯っていた。その扉が開かれ、手前に犬が一頭、つながれているのが見えた。

吼えていたのはその犬だった。ボーダー・コリーのようだ。

じっと見つめていると、右手の公衆トイレのほうから誰かが歩いてくる足音がした。二名だった。

ひとりは大柄な男性で、もうひとりは対照的に小柄な女性。彼女は赤とオレンジの山岳救助隊のシャツを着ている。前にいる男はふつうの登山者の姿だが、自分の体をかばうように上体を曲げながら、さも苦しそうに歩いていた。

驚いたことに、縛られているのか、両手を腰の後ろで拘束されているようだ。よくよく見れば、男が手錠をかけられているのがわかった。

しかも診療所の窓明かりに照らされた女性の顔を見て、比奈子は驚く。顔の半分が腫れ上がり、鼻から口の周囲にたくさんの血がこびりついていた。

それなのに、彼女は何ごともなかったかのように涼しい顔でしゃがみ込み、尻尾を振りながら竿立ちになるボーダー・コリーを抱きしめている。

「星野さん！」

突然、背後から声がした。小屋の出入口前に立ち尽くす比奈子の横をすり抜け、黒いフリースのスタッフのひとりが彼らのところに走って行った。

「栗原くん。静奈さんとバロンは？」

女性がいうと、栗原というスタッフが応えた。

「それが……捜しても小屋の周囲に見当たらないんです」

比奈子は彼らのところに歩いて行った。

「何があったんですか」

栗原というスタッフと星野と呼ばれた救助隊員が振り向く。

「何でもありません。ちょっと喧嘩沙汰がありまして」

星野と呼ばれた女性が腫れた顔で笑ったが、明らかにごまかしだった。彼女の横に立っている男は、激しく擦り剝いた顔が血だらけだし、明らかに体に何らかのダメージを受けたように、苦しげに顔を歪めている。

「大丈夫です。お部屋にお戻りください」

栗原というスタッフが無理に笑いながらいったが、比奈子はかぶりを振った。

「いっしょに来た男性がいなくなったんです。おそらく外に出たんだと思います」

「いなくなった？」

と、栗原がつぶやき、隣の女性救助隊員と顔を合わせた。

ふたりは同時に向き直り、彼女がいった。「その方のお名前は？」

「川越伸彦です」

とたんに栗原が驚き、指差してきた。

「あ……あなたはたしか、同行されてる方ですよね！」

「本当に川越さんはいなくなったんですか」

星野隊員に質問され、比奈子は頷いた。

「栗原さん。静奈さんが一階で見張っていたはずですが？」

「それが……たしかにいらっしゃったはずなのに、今は見当たらないんです」

比奈子はふたりの会話を聞きながら、激しい動揺に襲われていた。

伸彦のことをふたりはいっている。彼のことを知っているだけでなく、見張っていたと。

「この人をお願いします」

星野隊員が栗原にいった。後ろ手に手錠をかけた男を彼のほうへと突き出した。

「事件の被疑者のひとりです。もう大丈夫だと思うけど、いちおう見張っててください」

犬をつないでいたリードを外すと、彼女はともに走り出した。

比奈子は意を決したようにあとに続いた。

13

伸彦は右手に握ったナイフの切っ先を透子の首に突きつけていた。

それきりふたりはにらみ合っていた。

ふいに辺りが嘘のように明るくなって、伸彦は驚いた。周囲を見渡し、頭上を見上げる。しばらく厚い雲に隠れていた満月が、またぽっかりと顔を出していた。青い光が地上を染め上げ、まるで昼間のように明るい。

目の前にいる透子の顔が、そのためはっきりと見えた。

彼女はまったく怯(おび)えたそぶりもなく、いつもの冷たく冷め切った視線を伸彦に向けているのだった。

「どうして私を殺さないの?」

抑揚(よくよう)のない声に、伸彦はたじろいだ。

「あんた。まさか……俺に殺されるためにここに来たのか」

透子は何も応えず、冷気を放つような能面の顔を向けているばかりだ。

仲彦は激しく動揺し、自分を鼓舞しようと歯を食いしばった。

「そんな目で俺を見るのはやめろ」

声が震えた。

彼女はなおも黙って仲彦を見ている。

細い首に当てた切っ先がブルブルと小刻みに震え、そこからじわっと血がにじむ。

それは一筋の流れになって喉を伝い、襟元に落ちた。しかし透子は変わらず、じっと彼を見つめるばかりだ。

その真っ黒な瞳を凝視しているうち、仲彦は決心した。というよりも、心の内側からあふれた強い情動だった。

一気に喉を掻き切ってやる。

ナイフを持つ手に力を込めた瞬間、近くから声がした。

——川越仲彦！

ハッと振り返った。

北岳山荘が月光の下で黒く四角いシルエットとなっている。その手前に影がふたつ。

ほっそりとした体型の女性と大型犬が一頭。女性は山岳救助隊の制服を着ていた。

犬はシェパードのようで、彼女の真横に行儀良く停座し、ともに仲彦を見つめていた。

——山梨県警南アルプス署山岳救助隊の神崎といいます。あなたに二件の殺人容疑で逮捕状が出ています。

凜とした声だった。

——その人から離れなさい。

彼女がこちらに向かって歩き出すと同時に、シェパードも身を起こし、脚側にピタリとくっつくように前進を始めた。ふたりともまったく足音を立てなかった。

伸彦は、だしぬけにパニックに襲われた。

逡巡したあげく、素早く透子の背後に回って、彼女の喉首に水平にナイフを突きつけた。

「来るな！　こいつを殺すぞ」

緊張に声がうわずり、震えていた。

透子はまったく動く気配もない。まるでマネキン人形を人質にしているようだ。

彼我の間、数メートルのところで神崎と名乗った救助隊の女性が足を止めた。

シェパードも停座した。

「やめなさい。これ以上、罪を重ねる気？」

「うるさい。説教なんてごめんだ」

仲彦は透子の首にナイフをあてがったまま、震え声で怒鳴った。

川越仲彦がなぜ、真夜中に山小屋の部屋を出たのか。

どう考えてもわからなかった。何よりも、北岳山荘の一階フロアでは静奈が見張っていたはずで、彼女ならばどんな些細(ささい)な異変も逃さずに察知するはずだった。それなのに仲彦はいなくなり、静奈も忽然と消えた。それもバロンをともなって。

夏実はメイとともに北岳山荘の周囲を走った。

その靴音を聞いたためか、幕営指定地に並ぶいくつかのテントの中に明かりが灯り始めた。夏実はもうしわけなく思いながらも、静奈たちと仲彦の姿を捜し求めた。

月明かりのおかげで景色ははっきりと見えた。しかし、静奈たちの姿はなかった。

仕方なく足を止め、乱れた呼吸を整えながら、夏実は考えた。

集中するんだ。そうすればわかるはず。

山がきっと教えてくれる。

口を引き結び、拳を握って息を整えた。そんな夏実を、足下からメイが心配そうに見上げている。何度か息を吸っては吐き、顔を上げた。

鼻血はとっくに止まっていたが、鼻腔の奥にまだ血の味がする。蹴られた顔は相変わらず痛むし、体は疲れ切っていた。しかし何かが夏実を突き動かしている。

深呼吸を終えて、夏実は顔を上げた。

東のほう、ずっと遠くに甲府の街明かりが小さくきらめいている。それは深い深海の闇に沈んだ無数の宝石のようだった。

それを見つめながら意識を集中した。

ふいに周りの景色が暗くなってきた。ふたたび黒い雲が満月を覆っていた。まるで黒いヴェールがゆっくりと降りてくるように、視界が少しずつ閉ざされ、深い暗闇が彼女を包み込んだ。その中で名状しがたい心細さを感じながら立ち尽くしていると、忽然と空に明かりが差した。

驚いて見上げる。

雲間が切れ、一条の青い月明かりが直線状に落ちていた。

サーチライトのように空から照らされた場所。それは北岳山荘の南側にあるヘリポートだった。

目をしばたたき、足下にいるメイにいった。

「行くよ！」

夏実が走り出す。メイが続いた。

静奈は決心した。

川越伸彦と女性のところまで数メートル。

ダッシュすれば間を詰められる。

その刹那にナイフで首を刺すことは難しい。ましてや相手は戦いを知らない素人だ。きっとうまく行く。そう思いながら、静奈は薄目になり、ゆっくりと全身の力を抜いた。

空手の組手試合のとき、相手の防御をかいくぐって、一瞬で拳や蹴りを見舞う。それは静奈がいっさいの予備動作を見せずに一気に爆発的な動きを繰り出せるからだ。そのエネルギーを充塡させるために、まるで瞑想のように心を鎮め、体を脱力させる。

三秒、息を吸い、六秒で吐く。

それを二度、繰り返した。

双眸を開いた。

「バロン、GO!」

静奈が低く叫び、同時にシェパードが走った。

女性を羽交い締めにしていた伸彦が、目を大きくした。あっけにとられた顔で硬直し、野生の狼のような大型犬が自分に疾走してくるのを見つめた。バロンは攻撃できない。あくまでも救助犬であるため、「アタック」の声符が通用しないからだ。しかし、バロンは確実に相手の注意を逸らした。それが狙いだった。

静奈が地を蹴り、飛びかかった。

驚いて目を戻した伸彦に、空中から回し蹴りを放った。

女性の体すれすれに靴先が風を切り、相手の利き手に炸裂する。すっ飛んだナイフが空中でめまぐるしく回転し、月光を浴びてキラリと光輝を放った。静奈が着地したとき、遠くに落ちる金属音が聞こえた。

痛撃に顔を歪めた伸彦が利き手を押さえながら向き直り、よろりと後退った。

——伸彦さん。

女の声がして、静奈は振り向いた。

いつの間にか真後ろに白っぽいフリースを着た若い女性が立っていた。目にいっぱい涙を溜め、静奈と対峙する川越伸彦を見つめている。ほつれ毛が涙に濡れた頰に張り付いている。

「比奈子……」

伸彦が彼女の名を口にした。静奈は思い出した。いっしょに連れ立ってこの山に来た、川越伸彦の婚約者、松谷比奈子だ。その顔を見たとたん、伸彦の容貌から毒が抜けるように険しさが消え失せ、代わりに悲しみに彩られていった。

「投降しなさい。そしたら少しは罪が軽くなる」

静奈の声を無視するように、伸彦はかぶりを振りつつ、さらに後退った。

「もういい。すべてをここで終わらせるんだ」

枯れたような声で彼はいった。「比奈子。迷惑をかけてごめんな」

背後は崖だった。じりじりとそこに向かって後退していく。

「停まりなさい」

静奈が警告したとたん、何を思ったのか、伸彦は彼女に向かって微笑んだ。

目の前で踵を返し、背中を向けた。走り出そうとしたところに、静奈は思い切って飛びかかった。左腕を摑み、後ろから首に手を回した瞬間、ふたりはバランスを崩した。とっさに踏み込もうとした場所に、足場がなかった。

――静奈さん！

甲高い悲鳴。

すぐ近くに夏実の小柄な姿があった。

隣にメイの姿も。

ふたりを見たとたん、静奈は伸彦ともつれ合うように崖から落ちた。

目撃した松谷比奈子も、長い悲鳴を放っていた。

駆け寄った夏実が崖の上から見ると、すぐ下に静奈がいた。

岩角を右手で摑み、まっすぐ下ろした左手で川越伸彦の登山ズボンのベルトを摑んでいる。伸彦はくの字に体を折り曲げ、中空にぶら下がっていた。それを見下ろしていた静奈が、ゆっくりと顔を上げた。赤らんだ容貌、眉間に深く皺を刻み、歯を食いしばっていた。岩角を摑む手の甲に鍛えた拳ダコが盛り上がり、シャツの袖が肘近くまでまくれた腕に、骨筋の凹凸がくっきりと浮き出している。

メイが体を前後に揺すりながら、激しく吼えている。

バロンが並んでやはり野太く吼えていた。

腹這いになった夏実が必死に手を伸ばした。かろうじて届く指先で、静奈の手首を摑んだ。

「今、助けます！」

静奈は険しい顔で夏実を見上げる。

「何やってんの。確保もなしにそんな姿勢じゃ、ふたり分の体重を持ち上げられない！　それどころかあなたまで落ちる」

　夏実は涙が出そうになった。

14

　ようやく北岳山荘が見えてきた。

　満月の明かりの下、稜線にくっきりと浮き出すように建物が目立っている。

　進藤は桐原といっしょに斜面を下り、靴底でさかんに砂礫を飛ばしながら、ほぼ全力疾走で駆けた。公衆便所の建物を過ぎ、山小屋の正面入口に近づいたところで、何人かの人影が集まっているのに気づいた。

　どこか遠くから犬の声が聞こえていた。おそらく救助犬たちだ。

　息を切らしながら立ち止まる。

　ほとんどは山小屋のスタッフたちだった。中に、管理代行の栗原幹哉がいた。

　彼の傍に後ろ手に手錠をかけられた大柄な男性がうなだれて立っている。連絡のあった新崎浩治だとすぐにわかった。

「いったい何が……」

息を切らしながらいう進藤を見て、栗原幹哉が指差した。

「今、ヘリポートのほうから女の人の悲鳴が聞こえました。星野さんたちが、そっちに行ったはずです！」

驚く進藤をさしおいて、だしぬけに桐原が走り出した。

それまで全力で山頂直下からここまで駆けてきたというのに、その疲れを微塵も感じさせず、まるで陸上競技のスプリンターのような走りっぷりだった。それを進藤がよろめきながらも追いかけた。

北岳山荘を背後に、斜面を一気に駆け登った。

広いヘリポートの真ん中近くに、登山服姿の女性が立ち尽くしていた。

その左側――平らにならした地面が唐突に終わる辺りにも、佇立する女性の後ろ姿があった。その近くにメイとバロン、二頭の救助犬がいて、崖下に向かって吼え続けている。よく見れば、かれらのすぐ傍に腹這いになっている隊員服姿。

星野夏実だった。

進藤たちが駆けつけると、崖っぷちに俯せになった夏実が苦しげにいった。

「静奈さんたちを助けてください！」

夏実が真下に手を伸ばした垂壁に、神崎静奈が片手でぶら下がっていた。彼女はもうひとりの男性を抱えるようにして、まさに宙ぶらりんになっている。その男性は監視対象だった川越伸彦のようだ。

「桐原ッ！」

進藤が叫んだ。

桐原はその声よりも早く行動を起こしていた。

ザックを下ろし、サイドに束ねていたザイルを進藤に投げてきた。

「解いてください！」

受け取った進藤があわてて束を解き始めると、桐原は地面にハーケンを立ててハンマーで打ち込み始めた。たちまち三カ所の頑丈な確保を構築し、カラビナをそれぞれにかけて進藤から渡されたザイルを通した。

胴体にハーネスを装着する余裕もないため、桐原はザイルを自分の体にたすき掛けにまきつけ、進藤の方を向き直って懸垂下降を敢行した。

進藤は夏実の隣に腹這いになった。

崖っぷちから見下ろすと、桐原が静奈と川越伸彦の傍に定位し、セルフビレイを取ったところだった。すぐにふたりの真下に移動している。

——神崎先輩。手を離して大丈夫です。

桐原の声。

見れば、仲彦の体を肩に担ぐかたちで、桐原が支えていた。わずかな段差に足場を確保できたようだ。これでとりあえず、ふたりの落下は防げた。あとは引っ張り上げるだけだ。

静奈の手を摑む夏実の体力は、そろそろ限界のはずだった。だが、彼女がいった。

「静奈さん。力を抜いてください。引っ張ります」

進藤は夏実のズボンのベルトを摑んだ。

「桐原。下から押し上げてくれ！」

進藤の声に、頼もしい声が返ってきた。

――諒解！

「星野さん。ふたりで引き上げるぞ」

「はいッ！」

力まかせに進藤が夏実の体を引っ張る。

やがて静奈の手が崖の向こうに現れ、岩角を摑んだ。続いて頭、上半身。横向きになって膝を持ち上げ、ゴロリと反転するように上がってきたと思うと、素早く膝立ちになる。片手を地面に突いた静奈は向き直り、夏実の隣から川越仲彦を力いっぱい引き上げた。

最後に桐原健也が這い上がってきた。

全員でその場に仰向けになり、激しく胸を上下させながらゼイゼイと呼吸を続けた。


夏実は大の字になりながら、全身の力を抜き、目を閉じていた。

次第に呼吸が落ち着いてくる。

隣に静奈が仰向けに横たわっていた。彼女の荒い息を耳にし、夏実が目をつむったままで少し笑った。

「静奈さんって、凄い」

「莫迦ね。いつもやってることじゃないの」

間を置いて、静奈がそう応えた。

先ほどから、どこか近くで泣き声が聞こえていた。

ゆっくりと目を開き、顔を向け、視線をやると、少し離れた場所にふたりの女性が抱き合っていた。

ひとりは被疑者である川越伸彦の婚約者、松谷比奈子。もうひとりはやや小柄な登山服姿の女性。横座りに足を投げ出した比奈子は激しく泣きじゃくり、もうひとりの女性が彼女を両手で抱きしめつつ、虚ろな目で空を見上げているのだった。

夏実もつられて真上の夜空を見上げた。

中天に満月がかかっていた。

金色の真円が夜空にはめ込まれ、そこから冷たい光が地上に落ちていた。それを見つめていると、ふと、自分まで泣きそうになって、夏実は体を少し震わせた。

メイが足音を立てずにそっとやってきて、夏実の頬を長い舌で舐めた。ざらりとした感触に思わず肩をすぼめながら、夏実が微笑んだ。

「ありがとう、メイ」

ささやきながら、相棒の顔をそっと撫でた。

15

甲府東病院西病棟四階の病室。

窓際の病床に夏実は横たわり、じっと窓外の景色を見ていた。

あの長かった一夜が明けて、北岳山荘のヘリポートに飛来した警視庁のヘリから降りた捜査員たちによる事情聴取と現場検分が行われた。二件の殺人の被疑者である川越伸彦と、内縁の妻への暴力や過去の保険金殺人の被疑者でもあった新崎浩治は、あらためて手錠をかけられ、捜査員らとともにヘリで去って行った。

その場で関真輝雄隊員が夏実を診たところ、顔面強打による頬骨の骨折、のみならず肋骨(ろっこつ)も複数、折れていて、頭部打撃による脳へのダメージの疑いもあるため、現場から病院にヘリ搬送されることとなり、やがてやってきた県警ヘリ〈はやて〉のキャビンに担ぎ込まれたのだった。

あのときは、とにかく無我夢中だったたし、アドレナリンが出ていたせいか、痛みはほとんど感じず、そんな重傷だったとは思いもしなかった。

あれから三日が経過していた。

さいわい精密検査で骨折や打撲傷以外、重篤な怪我は見つからなかったため、医師の診断で許可が出次第、退院できることになった。おかげでつかの間だが、夏実にとっては思いがけない休暇となった。

その間、静奈や他の隊員たちも見舞いにきてくれたし、諸事で多忙だった深町は今日、やっと隊長の許可が下り、これからわざわざ山を下りて来てくれるのだという。

静かに扉が開いた。

見れば、ジーンズに黒のTシャツ姿の山中惣が入ってくるところだった。たまたま彼の母親が搬送された先が同じこの甲府東病院だったので、惣とはしょっちゅう顔を合わせていた。というか、暇(ひま)さえあれば夏実の病室に遊びにきた。

いつものように笑って小さく手を挙げると、続いてワイシャツにスラックスの痩せた男性が病室に入ってきた。細面で古風な七三分けの髪型をしていた。

片手に提(さ)げていた果物のバスケットを、そっと窓際に置いた。シャインマスカットと巨峰のセットのようだ。〈甲斐フルーツショップ〉と書かれたリボンが見えた。

思わず夏実は上体を起こした。

「西村(にしむら)和敏といいます。惣の父です」

男性が頭を下げた。夏実もならった。

山中は母親の旧姓だったのかと、今さらながら気づく。

「息子がいろいろとお世話になりました。元妻も」

「いいえ。私は何もできませんでした」

惣が慣れたように気を利かせ、近くにあった丸椅子をふたつ持ってきて、父といっしょに並んで座った。夏実も病床から両足を下ろしてスリッパを履き、ふたりに対面した。

「惣を引き取ることになりました」

少年を見て、夏実は微笑んだ。「良かったね、惣くん」

「あいつとはよりを戻すことはできないと思いますが、さいわい近所なので惣も行き来ができると思います」

「そうでしたか」

見たところ、しゃんとした立派な男性のように思え、あのだらしのない母親と夫婦だったことが意外だった。

「あいつも……気の毒な女性です。男運が悪いというか、昔からいろいろとあって」

「だけど、お父様はお優しくて素敵な方のように思えます」

すると和敏は頭に手をやり、破顔した。子供のような笑みだった。

「こう見えても自分、元暴走族のアタマだったんです。そこであいつと知り合いました。結婚してからは、親の仕事を継いでレストランをやってましたが、けっきょく店がつぶれて……」

「それで新崎が介入してきたんですね」

和敏が小さく頷く。「おかげで縁が切れました。今は何とかコンビニの店長をやって、仕事が軌道に乗り始めたところです」

「良かった」

夏実が笑う。「でも、どうして新崎は惣くんを自分のところに置きたがったんです？」

「多額の生命保険をかけていたようです。史香がそれを受け取るために……」

言葉を失うほど驚いた。都内で起こった保険金殺人の犯人のひとりだったというこ
とを思い出し、惣の顔を見つめてしまった。

「三人で北岳に登ったのはそのためですか」

「おそらく下見だったと思います。最初から事故では不自然ですし」

夏実はふと口をつぐみ、こみ上げてきた悲しみを堪えた。ずっと母の愛を知らず、
それどころか、意図的に殺されようとしていたとは。

惣はあくまでも無垢な笑みを口元に浮かべ、夏実を見つめている。

「でも、史香はこの惣を授けてくれた。それだけでも、あいつには感謝してます」

「しっかりした、いいお子様になられたと思います」

「ええ」

和敏はまた微笑み、隣に座る息子を見た。

午後になって、深町敬仁が病室にやってきた。

下山したあと、南アルプス市の自宅で着替えてきたのか、細身のリーバイスのジーンズに清潔そうなテニスシャツ姿だった。無精髭をきれいに剃り、メタルフレームの眼鏡もきちんと磨かれ、よく光っていた。

「元気そうだね」

夏実が微笑んだとき、彼に続いて、地味なドレス姿の女性が病室に入ってきた。片手にやはり果物のバスケットを提げていた。

「こんにちは。過日はお世話になりました」

頭を下げたその顔を見て、夏実は驚く。

田村透子だった。

山で見かけたときよりも髪を短く切って、薄いルージュを引いていたが、独特の切れ長の目はあまりに印象的で忘れられない。首に巻かれた包帯が痛々しく見えた。

彼女はフルーツバスケットを窓際に置こうとして、同じ〈甲州フルーツショップ〉のリボンがついたバスケットをそこに見つけ、思わず肩をすぼめた。

「ごめんなさい。芸のないことしちゃって」

夏実が微笑んだ。「あ。いいんです。甲州ブドウ、大好きだから」

深町とふたり、惣たちが座っていた丸椅子に腰を下ろした透子は、夏実と対面した。

「お兄様のこと、本当に残念です」

夏実が切り出すと、彼女は小さく頷いた。

「兄とはふたりきりでした」

悲しげに笑みを浮かべ、透子は夏実を見つめた。「本当はあのとき、兄の復讐をするつもりでした」

「まさか？」

驚く夏実の前で、彼女は小さく首を横に振る。

「あいつにわざと刺されようと思ってました。だから、あのナイフを渡したんです」

「でも透子さんは……」

「ええ。あのとき、あなたたちに教えられた気がします。命の大切さ」

ようやく夏実の顔に笑みが戻った。

「安心しました」

「実は、あれから比奈子さんとしばしばお会いするようになって、いろいろと兄の話をうかがったりしてます」

「お兄さんとは会社のご同僚でしたよね」

もちろんあの川越伸彦もそうだが、やはり破談になったという話は聞いていた。

「比奈子さんとは、またいっしょに北岳に行こうって話が弾んでるんですよ」

「ぜひ来てください。おふたり、大歓迎です」

そうして二十分近く会話を交わし、透子がひとり辞去した。

病室を出る彼女を、深町と見送った。


「いやな事件がふたつもあったが、おかげで何とか救われた気分だね」

皿に盛ったシャインマスカットを夏実とふたりで食べながら、深町がいった。「今朝、警視庁阿佐ヶ谷署の大柴っていう刑事から署に連絡が入って、川越伸彦だけど、証拠がいろいろと出てきたため、二件の殺人罪で正式に起訴になったようだ」

「二件って、じゃあ、透子さんのほうは？」

大きなブドウの粒で頬を膨らませながら、夏実がいう。

「田村さんが被害届を出さなかったから、そっちの殺人未遂は成立しない」

「そう」夏実がつぶやく。「比奈子さんは悲しいだろうけど、仕方ないことですよね」

「でも、透子さんのおかげで彼女も少しは救われたんじゃないかな」

「ですよね」

「そうだ。救われたといえば……」

ふいに思い出したらしく、深町が笑った。「聞いたよ。桐原の活躍ぶり」

つられて夏実が笑い返す。

「あのとき、もの凄い勢いでクライムダウンして、静奈さんたちを助けてました」

「躊躇なく相方のザイルを切るっていってたあいつが、か？」

夏実は嬉しくて肩をすくめた。

「本当はいい人だったんじゃないですか、彼」

「あいつ流の照れ方だったのかもな」

「御池小屋のニックさんとも仲がいいし」

「今朝はいっしょに薪割りをやってたよ」

お互いに目を合わせて笑い合い、ふと、深町がいった。

「夏実」

真顔に気づいて驚いた。

「はい」

深町は微笑み、こういった。「生きててくれて、ありがとう」

感極まって、ギュッと口を引き結んだ夏実にゆっくりと顔を寄せ、深町が優しく口づけをした。
夏実は目を閉じ、それを受け入れた。

終章

標高三〇〇〇メートル近い北岳山荘に、秋の涼しい風が吹き寄せていた。

八月最後のヘリの荷揚げが終わり、スタッフ総員で荷物のモッコを解き、大量の段ボール箱をヘリポートから山小屋に運び終わったところだった。

大勢の若者たちが荷を片付け、小屋のほうへと去って行くと、ヘリポートの広場は人けのない閑散とした場所に戻る。高い空にうろこ雲が浮かび、一条の飛行機雲が斜交いに横切りながら伸びていく。

栗原幹哉はフッと吐息を投げ、額の汗を拭った。

これから紅葉シーズンの混雑までのつかの間、客足が遠のき、おかげでのんびりした毎日を送れる。何人かのバイト・スタッフは明日には下山し、いつもの常連メンバーだけで山小屋を切り盛りしていくことになる。

それにしても――と、だだっ広いヘリポートを見ながら、幹哉は回想した。

あの夜はとんだ大騒動だった。

犬たちが吼え、おかげで宿泊客たちが起き出して、何ごとかとスタッフに訊きに来た。小屋の外では乱闘騒ぎがあり、崖からの滑落事故まであった。負傷者は出たものの、ひとりの死者もなかったことが救いだった。

それにしても、いろんなことが起きるな、この山。

そう思って、幹哉はひとりで笑った。

ふいに地表を舐めるように東から風が吹いてきた。傍らのポールにある吹き流しがバサバサと音を立てて泳ぎ始めた。それをじっと見つめていた幹哉は、何かの気配を感じ、ゆっくりと背後に向き直った。

少し離れた砂礫の地面の上に、それが落ちていた。

目立つ赤色をしていたので、彼は歩み寄り、そっと身をかがめて拾った。

やや大ぶりのスイス・アーミーナイフだった。

赤いプラスチックのハンドルに、金釘流の文字でイニシャルが削り込んであった。

《M・T》と読めた。

片手で引き出した細身のブレードに、きれいな波紋があった。

ダマスカス・ナイフだった。

それをじっと見ているうちに、奇妙な現象が起こった。

ブレードの側面にある複雑な波模様が、まるで水面を見るようにユラユラと揺らぎ始めたのである。同時に、幹哉の心にある感情が芽生えてきた。氷のように冷たく、まさに研ぎ澄まされたナイフの刃を思わせる危険な衝動が胸の奥からわきあがってきた。

動悸（どうき）が始まった。

幹哉はしばしおのれの鼓動を感じながら、その場に立ち尽くしていた。

ふいに我に返り、彼はまたナイフを見つめた。

ブレードの美しい波紋は揺らぐことなく、そこにあった。

気のせいだったのか。

胸の鼓動はまだ続いていた。

幹哉はナイフのブレードをそっと戻した。それをズボンのポケットに入れた。

そして、折りたたんだそのナイフをポケットの中で握りしめたまま、ゆっくりと山小屋に向かって歩き出した。

南アルプス山岳救助隊K-9シリーズ

天空の犬　2012・8　徳間書店／2013・11　徳間文庫
ハルカの空　2014・4　徳間書店／2015・9　徳間文庫
ブロッケンの悪魔　2016・2　角川春樹事務所／2017・7　ハルキ文庫
火竜の山　2016・10　新潮社／2018・10　新潮文庫（『炎の岳』に改題）
レスキュードッグ・ストーリーズ　2017・4　山と渓谷社／2018・11　ヤマケイ文庫
白い標的　2017・6　角川春樹事務所／2019・1　ハルキ文庫
クリムゾンの疾走　2018・1　徳間文庫
逃亡山脈　2019・5　徳間文庫
風の渓　2020・11　徳間文庫
異形の山　2021・9　徳間文庫
それぞれの山　2022・9　徳間文庫
さよならの夏　2023・9　徳間文庫
紅い垂壁　2024・7　徳間文庫

この作品は徳間文庫のために書下されました。
なお本作品はフィクションであり実在の個人・団体などとは一切関係がありません。

徳間文庫

南アルプス山岳救助隊K-9

紅い垂壁

2024年7月15日 初刷

著者 樋口明雄

発行者 小宮英行

発行所 株式会社徳間書店

東京都品川区上大崎三-一-一 〒141-8202
目黒セントラルスクエア

電話 編集〇三(五四〇三)四三四九
販売〇四九(二九三)五五二一

振替 〇〇一四〇-〇-四四三九二

印刷 製本 株式会社広済堂ネクスト

ISBN978-4-19-894954-9 (乱丁、落丁本はお取りかえいたします)